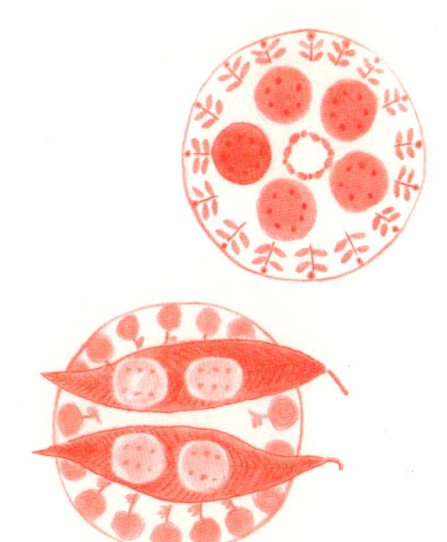

遥远的野玫瑰村

安房直子经典童话

[日] 安房直子 著

彭懿 译

果麦文化 出品

目录

遥远的野玫瑰村 / 001

下头一场雪的日子 / 019

日暮时分的客人 / 031

海之馆的比目鱼 / 043

魔铲 / 065

猫的婚礼 / 077

秘密发电站 / 093

原野尽头的国度 / 105

系围裙的母鸡 / 121

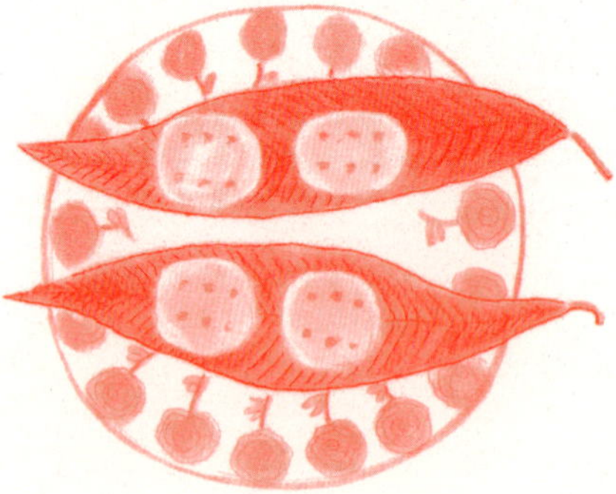

遥远的野玫瑰村

老奶奶闭上了眼睛,深深地吸了一口气。
于是,那个盛开着烂漫的红玫瑰、白玫瑰的遥远的村子,就浮现在了眼前。

"我儿子，住在很远的地方哟。如果坐火车，要坐好几个小时吧！听说那个村子，有一条美丽的河流过，开满了野玫瑰，那是一个令人心情舒畅的地方哟。"

"咦，老奶奶，您还没去过那里吗？"

"是啊，一次也没有去过。儿子在当地娶了一个好媳妇，都有三个孩子了。工作也应该进行得不错。儿子倒是常常来信，'妈妈，来我们家，和我们一起生活吧'，可是我不愿意让孩子照顾。所以，趁着身子骨还硬朗，还干得动，想一个人在这里再干一阵子哟。"

这个老奶奶，在山谷的小村里开了一间杂货店。

狭窄的店堂里，堆满了手纸、化妆品、牙刷、扫帚以及笔记本、铅笔什么的。老奶奶常和来店里买东西的村人、来送货的批发商老伯说起那遥远村子的儿子的事。一开始，听了这话的人，还会嗯嗯地点头，说：

"有个好儿子多好啊！"就回家了。

可是从前就认识老奶奶的人，心里就会想：

（又来了！）

村里的人们全都知道。这个老奶奶，连一个儿子也没有！岂止这样，老奶奶从来就是一个人生活。

尽管这样，谁也没有去打断老奶奶的话。因为每当说起幻想中的儿子、孙子孙女的时候，老奶奶的脸蛋就会变成玫瑰色，一双眼睛闪闪发光。连声调也跟着年轻、清脆起来了。

"最大的那个，是个女孩呀，已经十二岁了哟。眼睛圆溜溜的，那可是一个可爱的孩子哟。"

这样的话，说了一遍又一遍，不知不觉地，老奶奶的眼睛就仿佛真的能看到孙女的模样了。连那孩子的声音都能够听到了。

一天，老奶奶帮孙女买了一块夏天穿的和服的布料。老奶奶用这块白底上飞舞着一只只大大小小的蝴蝶的料子缝着长袖和服，一个与自己小的时候一模一样、梳着辫子的女孩，便清清楚楚地浮现在了老奶奶的眼前。

可是，有一天，一个这样的女孩，真的就突然来到了老奶奶的身边。

是初春的一个黄昏。一个拿着包袱、十二岁上下的少女，嘎吱一声，推开了老奶奶的店门，冷不防叫道：

"奶奶好！"

一边守着店，一边缝着和服的老奶奶，猛地一抬头：

"哎呀！"

老奶奶叫了起来。店门口，真的站着一个笑盈盈的女孩，和自己想的一样，眼睛圆溜溜的，梳着辫子。

"你是……"

老奶奶摘下眼镜，细细地打量起女孩来。于是，女孩就直接这样说道：

"我是从野玫瑰村来的，是爸爸派我来的。我的名字叫千枝。"

"啊啊，千枝……"

老奶奶重重地点了点头。

003

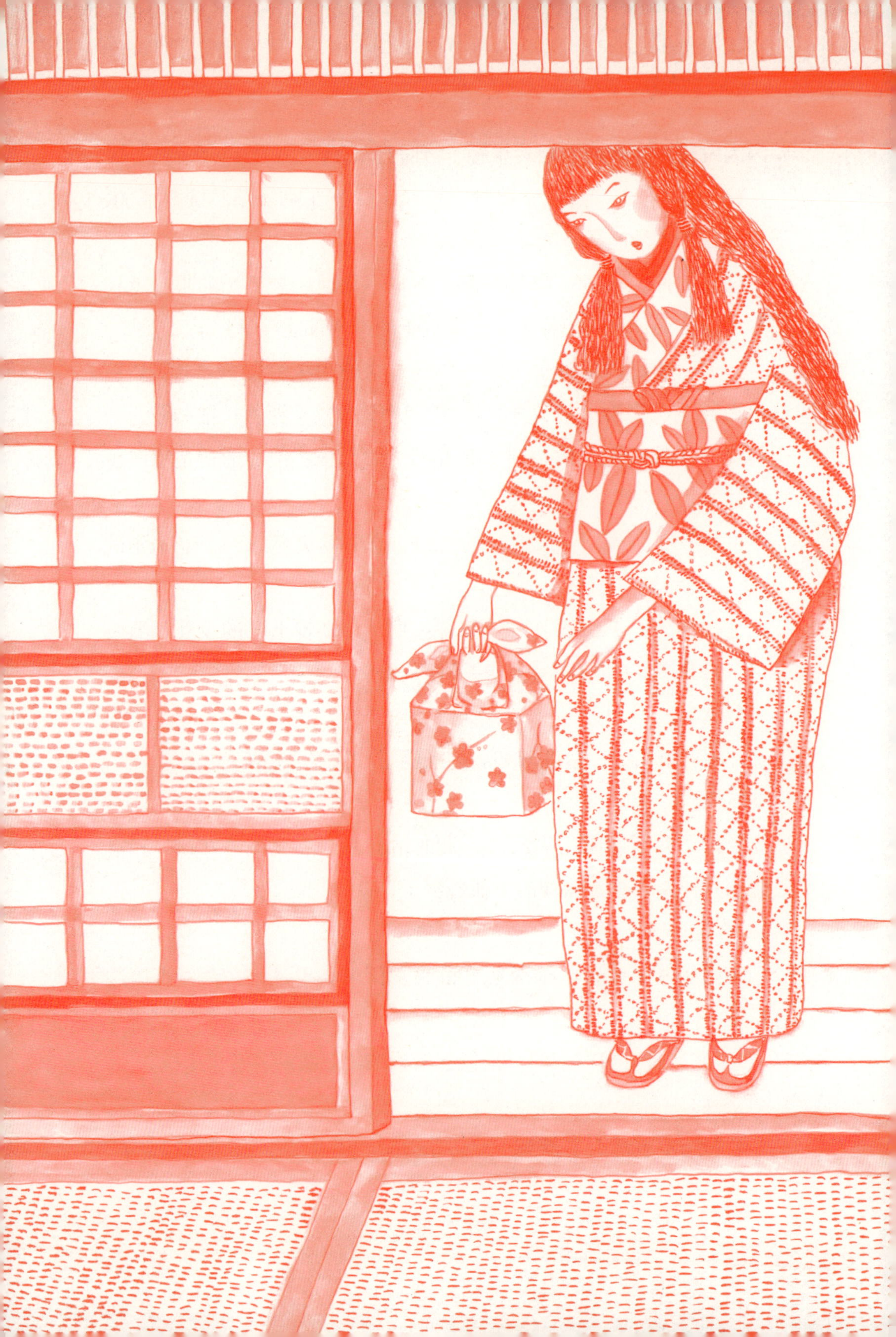

是吗？孙女的名字是叫千枝啊……老奶奶高兴得眼泪都快要流出来了。

"你来得正好啊。来来，到这里来。我正在给你缝夏天穿的和服哪。就要好了，快上来试一试。"

可女孩摇了摇头：

"今天来不及了。今天晚上一定要赶回去。"

女孩说。然后，她就把抱着的包袱，举到了搁着笔记本的架子上，轻轻地解开了。

"呀，到底拿什么来了？"

老奶奶穿上木屐，下到店堂，朝女孩的身边走去。然后，偷偷地瞥了一眼，包袱皮里装的是一堆雪白的四方形的肥皂。

"这是我爸爸做的肥皂。放在奶奶的店里试着卖一卖行吗？"

"啊，是啊！"

老奶奶忘了的事，又记了起来。

"你们的爸爸，是做肥皂的啊。店名大概是叫……对了对了，是叫野玫瑰堂吧？"

梳辫子的女孩高兴地点点头：

"是。野玫瑰堂的肥皂，又香，泡沫又多，谁都说好。所以，爸爸说了，从今年开始要多做一些，到处卖一卖。所以，首先想放在奶奶的店里卖一卖……"

"啊，是吗？行啊。我会多多地卖的。那样的话，早点拿来不是更好吗？"

老奶奶眯起眼睛，点了好几次头，伸手从包袱皮里拿出一块肥皂。肥皂发出一股淡淡的花的香味。是真正的玫瑰的香味。老奶奶闭上了眼睛，深深地吸了一口气。于是，那个盛开着烂漫的红玫瑰、白玫瑰的遥远的村子，就浮现在了眼前。

"正好是二十块肥皂。"

女孩说。老奶奶点点头，问：

"一块卖多少钱好呢？"

想不到，女孩说出了一个便宜得让人吃惊的价钱。

"那样的价钱……你爸爸不是干不下去了吗？"

女孩笑了：

"爸爸说了，这就已经赚得足够多了。过一星期，我来收钱，拜托了。"

女孩仓促地鞠了一躬，就要走：

"今晚还急着要回去。"

老奶奶慌了神：

"就要回去了吗？怎么有点像外人似的。上来待一会儿该有多好啊，喝一杯茶该有多好啊。"

女孩把包袱皮叠了起来：

"过一星期，我还会再来。"

说完，就匆匆地出了店。

女孩走了以后，老奶奶把野玫瑰堂的肥皂，摆到了店里最显眼的地方。然后就想，顾客怎么还不早点来呀。老奶奶忍不住要和人说话了。

——今天，孙女来过了呀。说名字叫千枝，那可是个可爱的孩子呀。下星期还会再来的……

这些话积攒在心里，老奶奶一个人不管什么时候总是笑呵呵的。

野玫瑰堂的肥皂，好卖极了。

村里人一进店，老奶奶还什么也没说，目光就已经被那美丽的肥皂吸引住了，买了一块又一块。

"这肥皂，有一股好闻的味道啊。"

"用这肥皂洗脸洗手，皮肤光滑得不得了。喏，就像这样。"

买了肥皂的人们，这样说道。于是，新的顾客就一个接着一个到老奶奶的店里来了，二十块肥皂，不出三天就卖光了。老奶奶高兴极了。

"这样的话，多放一些该有多好。从下回开始，让他们放三十块、五十块吧。"

老奶奶盼着女孩再来的日子。夏天的单和服早就缝好了，还绣上了名字，仅有的那一间房间，也打扫得干干净净的。而且，还到附近的村民家里，买了三盒小豆、三盒糯米，老奶奶要做豆沙糯米团子。

从那天起，六天过去了，孙女终于要来的前一天的晚上，老奶奶在后院的井边洗起了小豆，一粒粒红红的、鲜亮的上等的小豆。老奶奶把它们装进木桶里，咔嚓咔嚓，正一心一意地搓洗着，身后有谁在唤她：

"奶奶,您打算做什么呢?"

老奶奶猛地一回头:

"哎呀!"

她叫了起来,差一点跌倒在地上。

"吓了我一大跳。"

她说。为什么这么说呢?因为在老奶奶的身后,除了上次的那个孙女,还站着一个十岁左右的男孩和一个五岁左右的男孩,他们全都用圆溜溜的眼睛,盯住了老奶奶的手。三个孩子七嘴八舌地问道:

"奶奶,您是在洗小豆吧?听声音就知道了。"

"做什么呢?"

"做什么呢?"

老奶奶闭上了一只眼睛,回答道:

"糯、米、团、子。

"可我万万也没有想到你们今天会来呀。这可怎么办呢?小豆不用水泡上一个晚上,就煮不烂;糯米吧,这会儿也是刚淘出来呀。不到明天,吃不上好吃的豆沙糯米团子呀。"

听了这话,男孩子们噘起了嘴巴。最大的女孩千枝,也是一脸的失望,不过,她很快就又恢复过来了,这样说道:

"没关系。我们是来替爸爸送新的肥皂的,马上就要赶回去。"

老奶奶急了,抱着装着小豆的木桶就站了起来:

"哎哎,可别这样说,快上来。好不容易三个人一起来了,今天晚上就睡在这里。喏喏,这边。"

一边把孙儿往店里领,老奶奶这个高兴呀:

"一次就来了三个孙儿……天底下怎么会有这么好的事……"

老奶奶的脸蛋，像喝了酒一样地烫，热乎乎的。

"爸爸还好吧？"

让孩子们在店里面的房间坐成一排，老奶奶问。三个人点点头。老奶奶这回又问：

"妈妈还好吧？"

三个人又一起点了点头。

"是吗？那就好……"

老奶奶心里是真的高兴。

"爸爸现在还喜欢吃豆沙糯米团子吗？"

听老奶奶这么一问，三个人快乐地互相看了一眼，回答道：

"爸爸喜欢吃年糕小豆汤，妈妈喜欢吃豆沙包，我们最喜欢吃豆沙糯米团子！"

"哎呀哎呀，是吗？"

老奶奶一边乐，一边把装着小豆的木桶拎到了厨房里。然后，又想，早知如此，早点把小豆、糯米泡到水里该有多好啊——

就在这时，紧贴身后传来了千枝的声音：

"奶奶，我用魔法，让小豆和糯米立刻就软下来吧。"

老奶奶回头一看，只见千枝从兜里掏出来一枚小小的红玫瑰的花瓣，让它浮在了装着小豆的木桶里。接着，又掏出一枚白色的花瓣，这一回，让它浮在了装着糯米的锅子里。然后，她闭上了眼睛，嘟嘟囔囔地念完了咒语，说：

"这下就行了。"

"什么什么？"

老奶奶往桶里一看，怪了，明明才丢进去的花瓣，消失了，小

豆也好，糯米也好，看上去饱饱地鼓了起来。尽管如此，老奶奶还是不放心：

"就这样马上煮，行吗？糯米马上就煮，行吗？"

千枝点点头，就开始麻利地往灶里添起柴来了。于是，老奶奶也生起炭炉，煮起小豆来了。

老奶奶在煮得软乎乎的小豆里，加足了砂糖，做成了好吃的豆沙馅。而用擂杵敲打煮得暄腾腾的糯米，则是三个孙儿的活儿了。

窗子外面，天早就漆黑一片了，老奶奶的家里点起了橘色的电灯。把捣碎了的糯米，做成糯米丸子，再用它们把豆沙馅裹起来，一个接一个地往大盘子里放时，老奶奶突然热泪盈眶了。这么热闹、这么快乐的晚上，已经是几十年没有过了的吧？老奶奶记起来了，还是老奶奶的爸爸妈妈活着、老奶奶的姐姐们也都活着的从前的日子，也是在这间厨房里，热热闹闹地做过豆沙糯米团子。

用餐盘把装豆沙糯米团子的盘子端了过来，煮了茶，老奶奶和三个孩子吃起了豆沙糯米团子。

"好吃吗？"

"甜吗？"

当孙儿们一口一个地吃着的时候,老奶奶眯着眼睛,这样问道。孩子们只是嗯嗯地点头,到底吃了多少个豆沙糯米团子呢?不知不觉三个人的肚子鼓了起来。眼皮一沉,没一会儿,最小的那个当场就躺下睡着了,中间的那个孩子也打了一个大大的哈欠。老奶奶哈哈地笑了。

"哎呀哎呀,吃饱了,就困了呀。"

可是,只有最大的千枝强忍着睡意,一边拍打着弟弟们的屁股,一边一遍又一遍地说道:

"可不能睡觉啊。今天晚上不回去可不行。天一亮,可就坏事了!"

千枝快要哭出来了。

"不行,不行哟!如果睡着了,咒语就要失灵了哟。"

可是,一边这样说,千枝的眼皮也沉了下来。老奶奶慈爱地看着她的样子,说:

"没事儿哟,没事儿哟,从那么老远地方来的,不累才怪呢。好了好了,睡吧!"

老奶奶拿来被褥,让三个孩子睡下了。然后,自己也一骨碌躺下了,没多久,就呼呼地睡着了。

不过,第二天早上她睁眼一看,吃了一惊。三个孩子的被窝空了,空空的被窝里,散落着一大把茶色的短毛。

果然……老奶奶想。

(怪不得会使出那么可爱的魔法,把小豆、糯米变得软乎乎的呢……那些孩子,原来是狗獾啊……)

黎明的山路上,三只结伴而归的小狗獾的身影,浮现在老奶奶的眼前。于是,老奶奶的胸口又变得暖烘烘的了。

"再来哟!我才不在乎你们是不是狗獾呢……你们让我那么开

心！你们就是我的孙儿哟！"

一边这样自言自语，老奶奶一边又把昨天晚上小狗獾们拿来的新肥皂，摆到了店里。然后，在纸上写上"有野玫瑰堂的肥皂"几个大字，贴到了玻璃门上。

当有顾客上门的时候，老奶奶就会说起住在遥远的村子、做肥皂的儿子的事。然后，又盼起那些孩子们来送新肥皂的日子了。

可是，这回是怎么了呢？一个星期过去了，十天过去了，不，半个月都过去了，那些狗獾孩子们也没来。山上小小的嫩叶，不知不觉地浓绿繁茂起来了，预告着夏天已经不远了。

"到底出了什么事儿呢……"

一到黄昏，老奶奶就会站在店的前面，眺望着远方。贴在店玻璃门上那张写着"有野玫瑰堂的肥皂"的纸，已经快要脱落了，在风中晃动着。老奶奶店里的野玫瑰堂的肥皂，一块都没有了，全卖光了。真想给那些孩子们写一封信啊，老奶奶想。

——再多拿一些野玫瑰堂的肥皂来吧，我这里，有多少就能卖掉多少啊。还有，销售额一分也没有给你们，不来取，我可犯愁了。对了，还有一件事，就是千枝夏天穿的和服已经做好了哟——就这样写。

一天傍晚。

老奶奶仍然站在店的前面，瞅着远方的山。她听到身后响起了村里的孩子们炸窝般的笑声。

孩子们在吹肥皂泡。一串串肥皂泡，从他们手上拿着的麦秸前头冒了出来，随风飘去。孩子们追赶着肥皂泡，一边嬉笑，一边跑着。

"哎呀！"

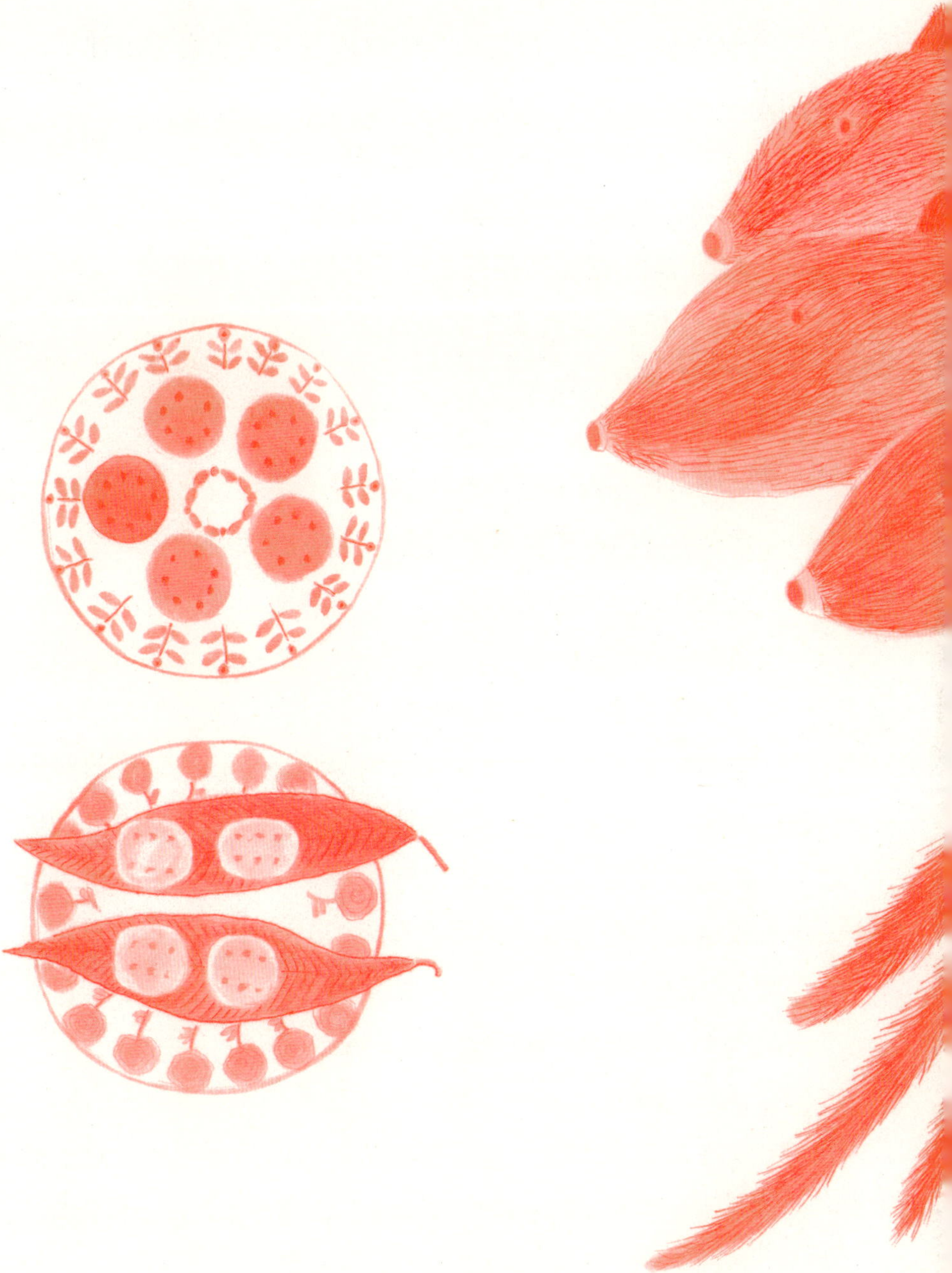

老奶奶眯起眼睛。

"多好看的肥皂泡啊……"

肥皂泡一个个全都是淡淡的玫瑰色。见老奶奶出神了,一个孩子说:

"这是用野玫瑰堂肥皂兑的肥皂水呀!"

"看呀,就是用那香香的、美丽的肥皂……"

老奶奶戴上眼镜,凝视着孩子们拿在手上的瓶子。

"呀,是吗?是野玫瑰堂的肥皂……"

老奶奶喜形于色了。

"嘿,也借我吹一下。"

老奶奶从身边的一个小小的孩子手里夺过瓶子和麦秸,自己也把麦秸轻轻地插到了瓶子里,然后,用嘴吹了起来。

透明的、小小的肥皂泡,从麦秸的前头冒了出来,它被染上了一层淡淡的玫瑰色。

(哎呀,是野红玫瑰的颜色啊!)

老奶奶这么一想,野玫瑰颜色的肥皂泡,从麦秸的前头一个接着一个地冒了出来。老奶奶着魔了一般,不停地吹着肥皂泡。

从麦秸前头冒出来的肥皂泡,乘着风,向山的方向飘去。最不可思议的是,肥皂泡一个都没有裂开。所以,它们越来越多,绵绵不断地、绵绵不断地飘去。盯住它们看的时候,突然,在肥皂泡消失的地方,老奶奶好像听到有谁在喊她。

"咦?是谁呢?等一下哟,我这就来。"

这样自言自语着,老奶奶在肥皂泡的后面追去,跑了起来。老奶奶就那么拿着麦秸和肥皂水的瓶子,张开双手,不停地跑着。

"老奶奶,把麦秸还给我呀,把瓶子还给我呀!"

那个一边哭、一边追的孩子的声音,渐渐地小了下去,有一声没一声的,听不见了,可老奶奶还在不停地跑着。黄昏的田间小道上,成群的肥皂泡越来越红、越来越暗,闪烁着光芒。老奶奶的腿,快得简直像奔跑在山里的鹿一样了。不论怎么跑,就是不累。

追着肥皂泡,老奶奶穿过村尽头的桥,飞快地往陡峭的山道上爬去。

就这样,跑了有多远呢?

不知不觉地,老奶奶来到了一片有条小河流过的平原。

"哎呀!"

老奶奶突然像做梦一般。明明已经跑了三五里路了,可四下里仍然还是一片暮色,河里映着一片温柔的红云。

"天还没黑呀……"

老奶奶被风吹着,眺望着远方。直到这时,她才发现,这里有好多野玫瑰树,开满了红色的小花。

"啊啊,我说怎么这么好闻呢?这地方,天是玫瑰色的,地也是玫瑰色的啊。我像是终于来到了儿子、孙子孙女住的地方了啊。"

老奶奶正这样一个人嘟哝着,稍前一点的地方,响起了这样的歌声:

"滴溜溜圆的圆当中,
一朵红色的玫瑰花,
野玫瑰豆沙包好吃啊。"

仔细一看,茂盛的草丛后面,架着一座小小的木桥。那上面,坐着三只小狗獾。

"哎呀哎呀，在这里哪！"

老奶奶的心快活起来了。好像丢了的东西，总算又找回来了似的。

"你们在这里唱歌哪！"

老奶奶向狗獾那里走去。

"总算又见面了……"

然而，小狗獾们一瞧见老奶奶，都不好意思地耷拉下了脑袋。每一只狗獾的膝头上，都放着一个豆沙包。白白的豆沙包可爱极了，每一个豆沙包的正当中，都沾着一块盐腌的野红玫瑰。

"啊啊，这就是野玫瑰豆沙包吧？是你们的妈妈做的吧？"

狗獾们还是耷拉着脑袋。老奶奶也并排坐到了桥上，然后，低声说：

"用不着不好意思啊。我早就知道你们是狗獾了。可是，我根本就不在乎。"

然后，老奶奶对那只最大的小狗獾说：

"千枝，你夏天的和服，已经做好了呀。长长的袖子，可漂亮的和服呢。下回，一定要来取呀。"

叫千枝的小狗獾高兴地点了点头，把膝头上的豆沙包，分了一半给老奶奶。

豆沙包带着一股淡淡的野玫瑰的味道。老奶奶轻轻地将它放到嘴里，嚼着豆粒，味道真是好极了。她一边吃豆沙包，一边问：

"你们的家在哪儿？"

于是，小狗獾千枝就朝河下游的茅草丛一指。啊啊，老奶奶想，那草里果然就是狗獾的家和肥皂工场啊。这时，草丛里冒出来一条好似雾霭的紫烟来。

"啊，那就是肥皂工场的烟吧？"

听老奶奶这样一说，三只狗獾高兴地点点头。老奶奶一只一只地慈爱地摸着小狗獾的头：

"要是再不来，我可就犯愁了。因为村里的人们都想要野玫瑰堂的肥皂。对你们爸爸说一声，多多生产肥皂，多多送来。喂，一定哟，一定要来哟！"

三只小狗獾一齐小声地毕恭毕敬地答道：

"一定去。"

这时，漫天的红霞，早已变成了淡紫色。茅草丛里像是亮起了一盏灯，老奶奶直起了身。

"啊，天已经黑了，回家去吧。我也要赶快回家了。"

狗獾千枝站起来，跑到河边，突然从草丛里拿出来一盏灯笼。然后，就像变魔法似的，一下子就把那盏灯笼点着了，拿到了老奶奶这里。

灯笼的火，也是野玫瑰的颜色。

"你可真细心啊。"

老奶奶接过灯笼，回山道去了。老奶奶在河边昏暗的路上大步流星地走着。也许是不可思议的灯笼的缘故吧，老奶奶绝对不会迷路。而且，怎么走、怎么走也不累。

"我终于去了儿子的村子呀。开满了野玫瑰，好漂亮的一个地方呀。在桥上，遇到了三个孙儿……回来的时候，给了我这盏灯笼呀。野玫瑰堂的肥皂，从下个星期开始，就会大批到货了……"

老奶奶一边一个人这样高兴地说着，一边在漆黑的路上急匆匆地走着。然后，半夜里准确无误地回到了家里。

017

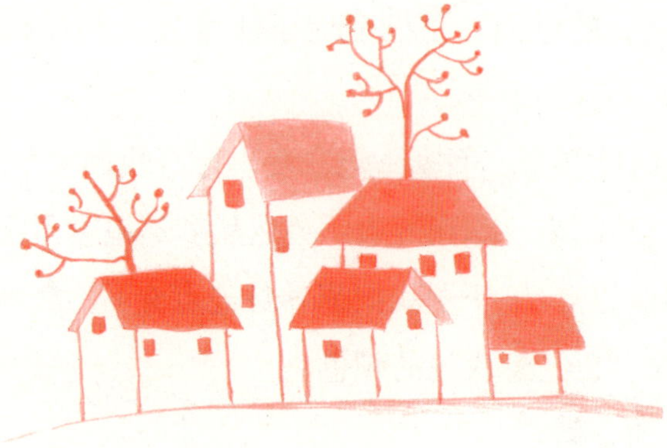

下头一场雪的日子

下头一场雪的日子,
会从北方一下子涌出来好多只白兔。
兔群排成一列,
从一座山到一座山,
从一个村子到一个村子,
让天下雪。

秋末一个寒冷的日子。

村子的一条路上，蹲着一个小女孩。女孩低头瞅着地面。然后，歪过头，深深地喘了一口气：

"谁玩过跳房子了呢？"

她嘟囔道。这条路上，用滑石画的跳房子的圈儿，一个接着一个地伸向远方。一个接一个，一个接一个，过了桥，一直伸到山那边。女孩站了起来，瞪圆了眼睛：

"怎么会有这么长的跳房子？"

她喊起来。然后，一跃便跳到了滑石画的圈儿里面。于是，女孩的身子变轻盈了，像皮球似的弹了起来。

单脚、单脚、双脚、单脚……

两手插到了兜里，女孩朝前跳去。一边跳着房子，女孩一边过了桥。过了卷心菜田窄窄的路，过了村里唯一那家香烟店。

"呀，可真是精力充沛哟！"

看着店的老奶奶说。女孩喘着粗气，得意地笑了。点心店前头，一条大狗犬牙毕露地吠叫着，可女孩还是朝前跳去。跳房子的圈儿，还一个接着一个。

（这么长的跳房子，是谁画的呢……）

一路跳过去，女孩净想这个问题了。

到了巴士站附近的时候，纷纷扬扬地下起雪来了。是干燥的细雪。可跳房子的圈儿,还是没有完。女孩的一张脸通红通红的,大汗淋漓地跳着。

单脚、单脚、双脚、单脚……

天阴沉沉地黑了下来,风也更冷了。雪渐渐地下得猛烈了,女孩的红毛衣上落上了白色的花样。

要下暴风雪啊!女孩想。

"回家吧!"

正这么嘟囔着,背后响起了这样的声音:

"单脚、双脚,咚咚咚。"

女孩吃了一惊,一边跳一边回过头去,后头一边跳房子一边追过来的,不是雪白的兔子吗?

"单脚、双脚,咚咚咚……"

定睛望去,它后头,还有一只白兔,那只白兔的后头,还有一只白兔……

没完没了地下着的雪中,一只又一只的白兔从后头跟了过来。女孩吃惊地眨巴着眼睛。这回,是从前头传来了这样的声音:

"后头来的,是白兔。走在前头的,也是白兔。单脚、双脚,咚咚咚。"

慌忙往前看去,女孩的前头,数不清的兔子果然排成了一列,向前跳去。

"哇啊,一点也不知道。"

女孩觉得仿佛是在梦里一样。

"喂,去什么地方?这跳房子的圈儿,到什么地方为止啊?"

于是,前头的兔子一边跳,一边答道:

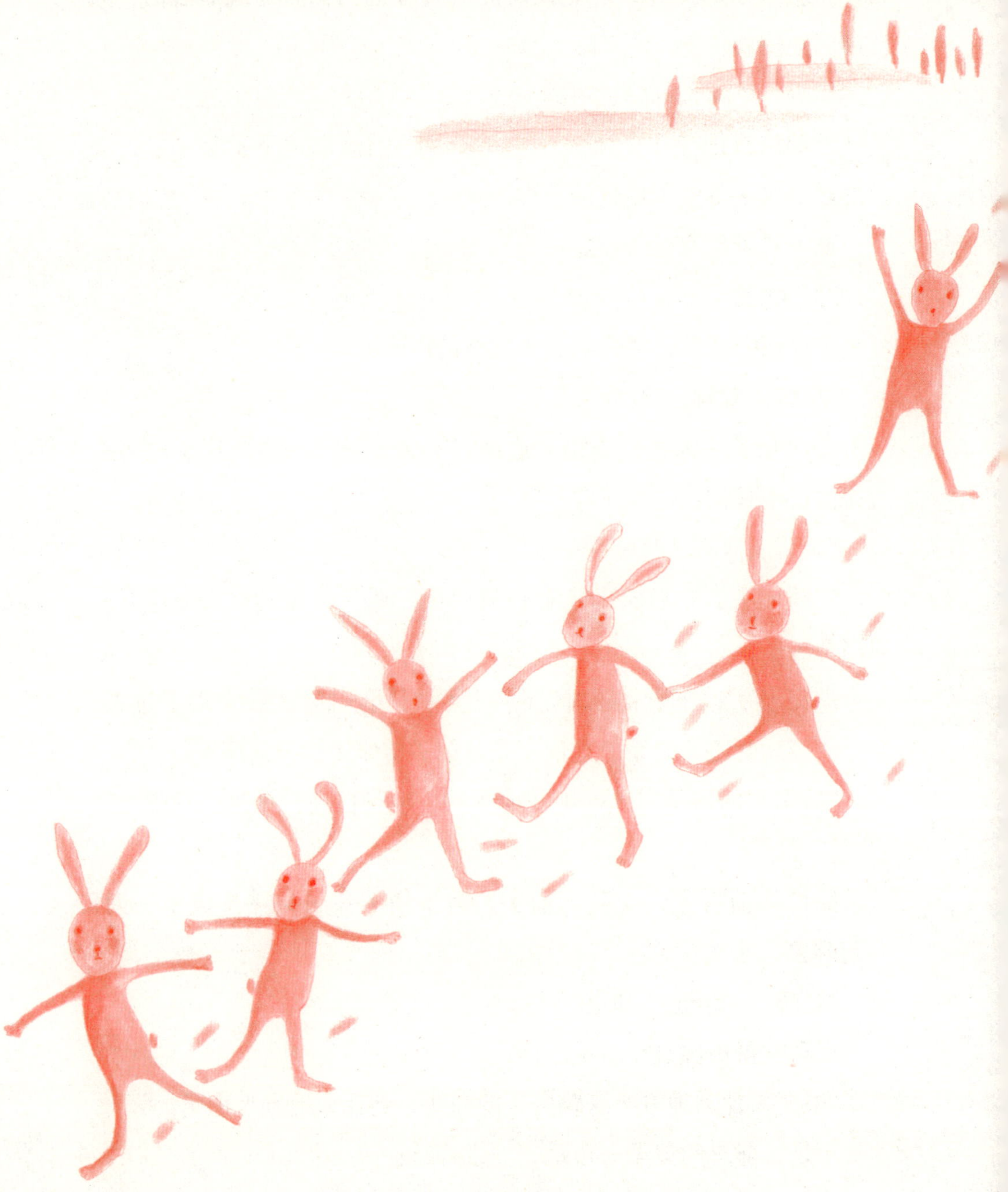

"一个接一个,一个接一个,一直到世界的尽头。因为我们全都是让天下雪的雪兔。"

"什么?"

这时,女孩不由得一怔,她记起从前奶奶讲过的一个传说来了。

奶奶说,下头一场雪的日子,会从北方一下子涌出来好多只白兔。兔群排成一列,从一座山到一座山,从一个村子到一个村子,让天下雪。它们跑得那个快哟,看得你眼花,人的眼睛只能看得见一条白色的线。

"所以呀,千万可要小心。要是被那群兔子给卷了进去,就再也回不来了。就和兔子一起,跳到世界的尽头去了。到最后,就变成了一片小雪片啦。"

那个时候,女孩睁大了眼睛,心想这是多么可怕的传说啊。可是,现在自己正在被那群兔子攫走。

(糟糕!)

女孩想停下来。脚不想再踏进下面一个圈子里了。但后面的兔子却说:

"不能停。后面会塞住的。单脚、双脚、咚咚咚。"

就这么一句,女孩的身子又像皮球一样弹开了,在滑石圈儿的路上跳着向前奔去。

一边跳,女孩一边拼命回忆奶奶的话。那时候,奶奶把手中的针线活儿稍稍停了一会儿,说了这样一件事:

"话是这么说,可过去还是有一个被白兔攫走的孩子,活着回来了。那孩子拼命地念咒语,'艾蒿、艾蒿、春天的艾蒿'。艾蒿是避邪的草啊!"

那就让我也试一试吧，女孩想。女孩一边跳，一边回忆起春天的艾蒿原野来了。想起了暖烘烘的太阳、蒲公英的花、蜜蜂，还有蝴蝶。然后，深深地吸了一口气：

"艾蒿、艾蒿……"

然而刚一叫出声来，兔子们已经异口同声地唱起了它们自己的歌：

"我们全是雪兔，
让天下雪的雪兔，
兔子的白，是雪的白。
单脚、双脚，咚咚咚。"

女孩连忙堵住了耳朵。然而，兔子的歌声一点点大了起来，像旋风似的，从堵着耳朵的指缝里钻了进来，女孩怎么也念不成艾蒿的咒语了。

就这样，白兔群和女孩，穿过冷杉林，越过一个冰封的湖，来到了从未到过的遥远的地方。一个静悄悄地排列着小小的茅草屋顶的峡谷间的村庄、一个开着茶梅花的小镇，还有一个有许多工厂的大城市。然而，就是没有一个人看得到兔群和女孩。

"啊，头一场雪啊。"人们只是嘟囔着，小跑着走了过去而已。

女孩虽然一边跳，一边拼命想念咒语，可无论她发多大的声音，还是一下子就被兔子的歌声吸走了。

"兔子的白，是雪的白。
单脚、双脚，咚咚咚。"

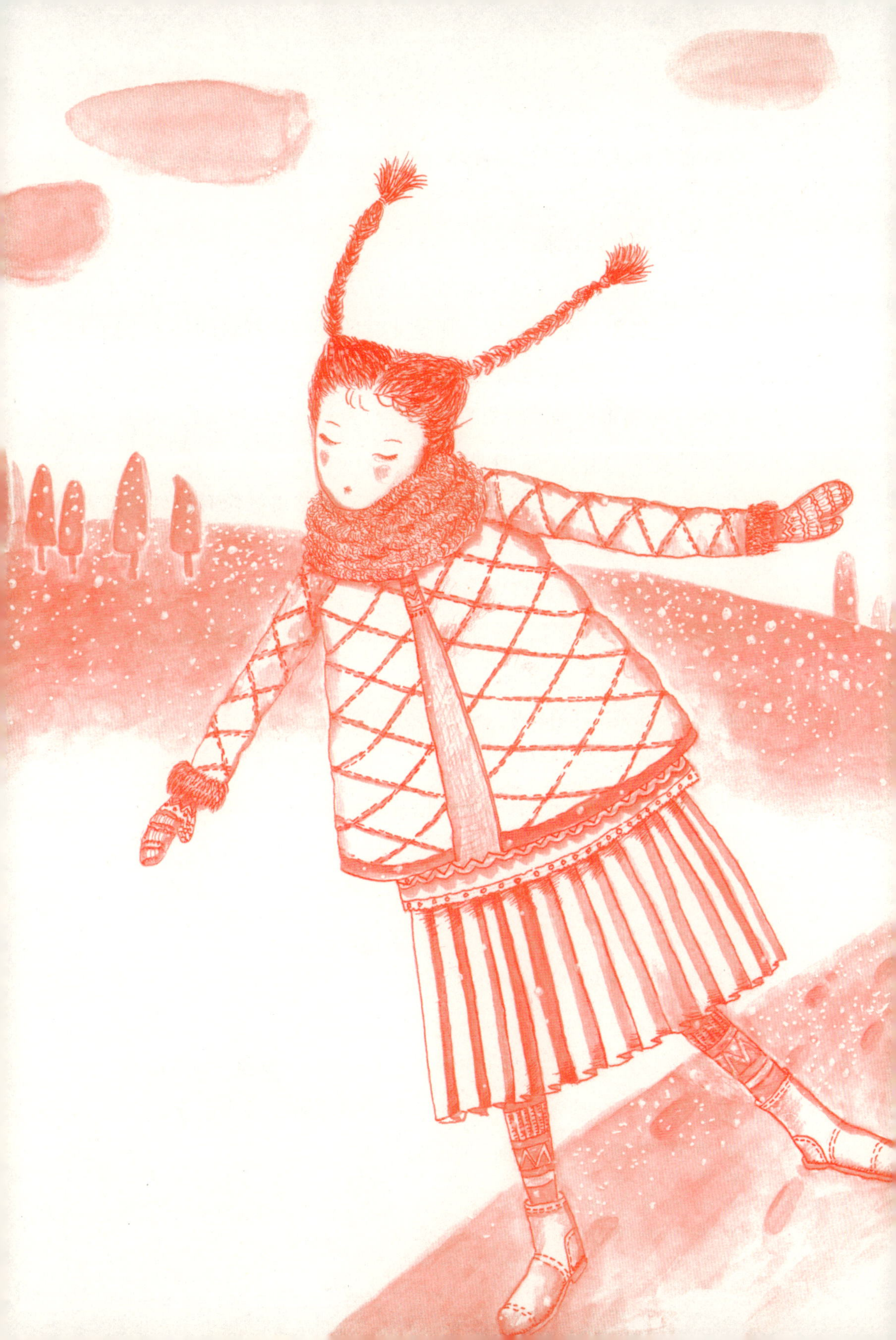

女孩的手脚冻僵了，已经像冰一样了。小脸惨白，嘴唇哆嗦着。

"奶奶，救救我……"

女孩在心里呼喊起来。

就是这个时候，在一只脚刚刚才踏进去的圈子里，女孩发现了一片叶子。她禁不住拾了起来，那是艾蒿的叶子。鲜绿的叶子。而且，是一片反面长满了白色茸毛的亲切的艾蒿的叶子。

（哇啊……是谁？是谁给我丢下来的？）

女孩把艾蒿的叶子，悄悄地贴到了胸口。

于是……女孩就好像被谁激励了似的。就觉得好像有许许多多个小东西，在齐声高喊：加油！加油！

是的。那是雪下面许许多多的草籽的声音。这会儿，正在地里忍受着寒冷。草籽的气息，透过一片叶子，传递到了女孩的心里。

"加油！加油！"

这时，一个美丽的谜语，突然浮现在了女孩的脑海里。女孩闭上眼睛，大口地吸了一口气，叫道：

"艾蒿叶子的反面，为什么那样白？"

一听这话，前头的兔子的脚步一下乱了。前头的兔子，不唱歌了，回过头：

"艾蒿叶子的反面？"

这回是后面的兔子差点摔倒了：

"为什么呢？"

兔子们的歌声中断了，脚步也慢了下来。于是，女孩一口气说道：

"这还不简单？那全是兔子的毛。兔子在原野上滚来滚去，白毛就全都掉到了艾蒿叶子的反面了呀。"

一听这话，兔子们全都乐开了怀：
"是的、是的，就是这样！"
说完，就开始唱起了这样的歌：

"兔子的白，是春天的颜色，
是艾蒿叶子反面的颜色。
单脚、双脚，咚咚咚。"

于是怎么样了呢？和着这歌声，女孩一边跳，一边似乎嗅到了花的香味，似乎听到了小鸟的声音。心情变得仿佛是沐浴着春天和煦的阳光，在艾蒿的原野上跳房子一般。女孩的身子渐渐地重了起来，脸蛋儿变成了淡淡的玫瑰色。女孩闭着眼睛，深深地吸了一口气，不顾一切地大声喊道：

"艾蒿、艾蒿、春天的艾蒿！"

等醒过来的时候，女孩正一个人，在一个陌生的小镇、一条陌生的路上跳着。前头也好，后头也好，一只兔子也没有了。雪花漫天飞舞的那条路上，没有了跳房子的圈儿，连女孩手上的艾蒿的叶子，也消失了。

啊啊，我得救了。女孩想。可是这时，女孩的腿已经像棒子一样，动不了了。

小镇的人们围住了这个不知从何而来的陌生女孩。接着，就问起名字和住址来了，可女孩一说出自己村子的名字，人们面面相觑，怎么也不敢相信这是真的了。隔着那么多座山，一个孩子怎么也不可能走过来啊。这时候，一个老人说：

"这孩子,肯定是险些被白兔攫走啊。"

女孩在小镇的食堂里吃了一顿热乎乎的饭,趁着天还没黑,被巴士送回了家。

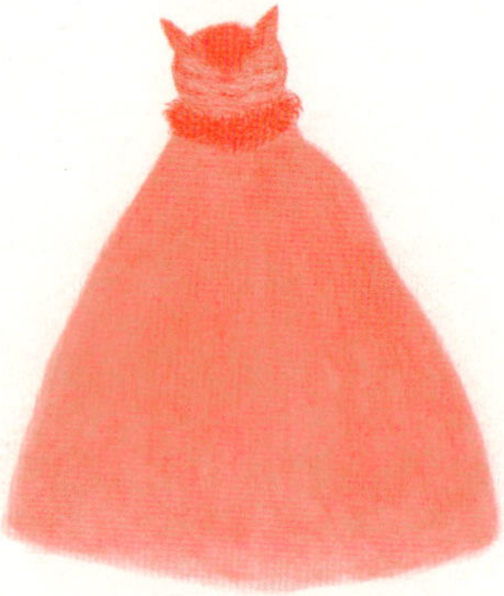

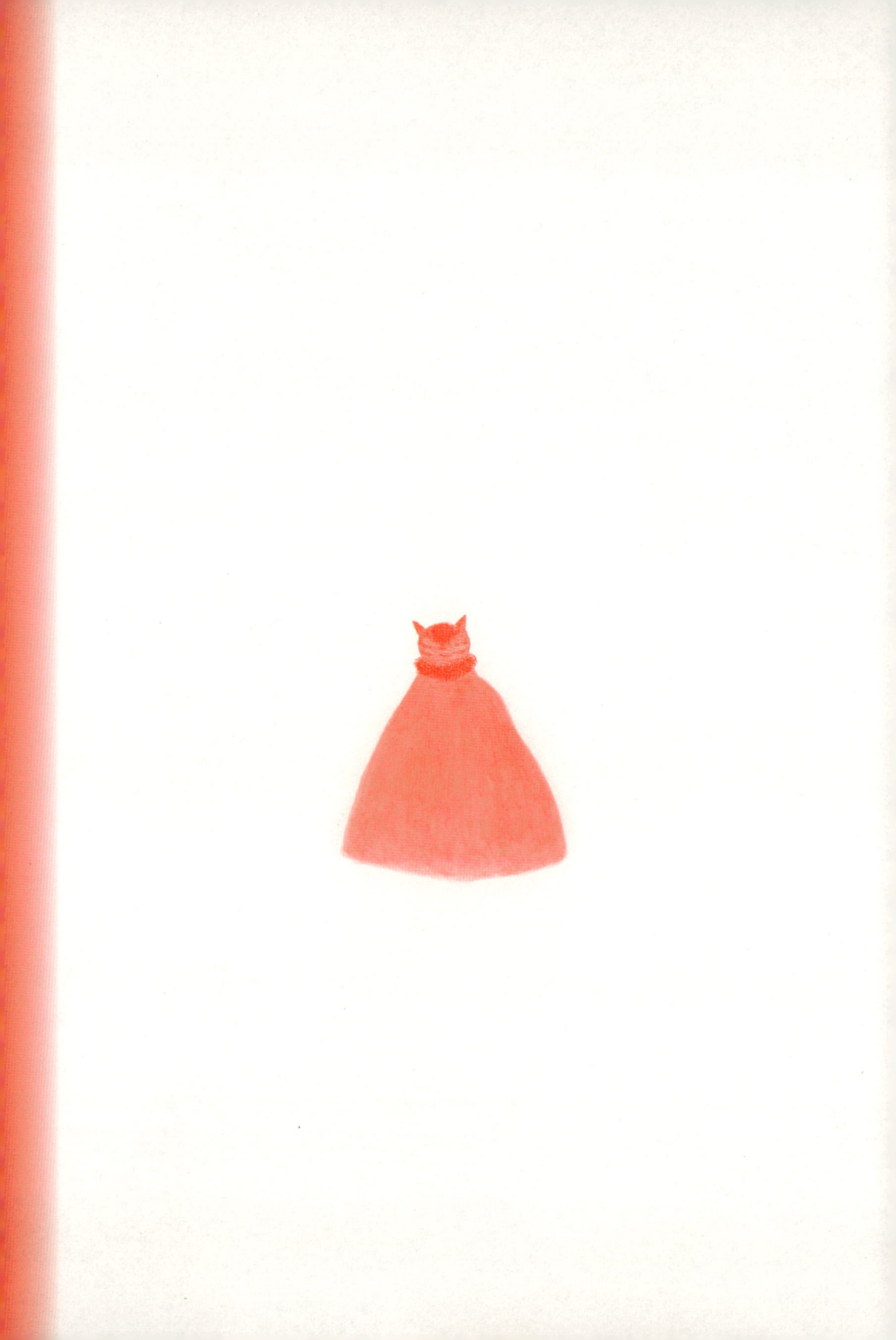

日暮时分的客人

虽说整个说起来,红色是一种暖色,
但那种温暖,
却又是各种各样的。
太阳的温暖、火炉的温暖,
还有夜里窗口亮着的灯光的温暖……

背街小巷有一家小店。

是一家卖纽扣、线和衬里什么的小店。

来到这里的顾客,大抵上都是左邻右舍的妈妈们。还有,就是那些喜欢织毛衣的女孩子了。

"你好。我要白色的缝纫机棉线。"

"请给我七粒小贝壳纽扣。"

"请给我 500 克中等粗细的绿毛线。"

熟客们一边这样说着,一边一个接一个地推开玻璃门走了进来。

"哎哎,欢迎光临。"

每当这个时候,店主人山中就会脸上挂着笑容,从几乎快要贴到天花板的架子上,取下一团绿毛线,或是从抽屉里,拿出来七粒小贝壳纽扣,装到小口袋里递过去。织毛衣、裁剪这种事儿,山中是再熟悉不过了。干这行买卖,已经要快十年了,像说起织一件毛衣需要多少线、缝一件衣服需要几米衬里、缝柔软的丝绸时用几号的缝纫机线为好什么的,他远比街上的那些大婶知道得清楚。

不过有一天,店里来了一位稀客,教会他了一件特别美丽的事情。

那是一个初冬的日暮。

山中正坐在现金出纳机前面的小凳子上,翻着晚报。妻子在后面的厨房里,准备着晚餐的咖喱。挂钟慢慢地敲响了六点,他想,已经快要到吃晚饭的时间了,这时,玻璃门被推开了一条细缝:

"您好。我想买衬里。"

有谁在说话。

"哎哎，欢迎光临。"

山中放下报纸，猛地抬起头，可是什么人也没有看到。山中站了起来，可是，依然还是什么人也没有看到。他觉得奇怪，就朝门口那边走了两三步，哎哟妈呀，门槛那里，竖着一只披着黑斗篷的黑猫。

"您好。"

猫又招呼了一遍。绿色的眼睛像绿宝石一样，盯着它们看久了，山中的心七上八下地不安起来。他想，这可是一位不得了的顾客啊！

"你是什么地方的猫？"

山中问。黑猫一口气地回答道：

"是北町中央大道鱼店的猫。"

"北町中央大道？这可远着哪。是乘巴士来的，还是乘电车来的？"

"是乘刺骨寒风来的。"

山中"扑哧"一声，忍不住笑了出来。然后，憋住笑，问：

"为什么从那么老远的地方来啊？"

猫喘了一口气，说了下去：

"其实，我是听说南町背街小巷上有一家非常好的衬里店，我才来的。街上的大婶们有口皆碑，说不光东西品种多，主人还特别亲切，不管什么事情都会帮着出主意。"

山中耸了耸肩。

背街小巷上这么一家小得可怜的小店的风言风语，会传到巴士站五站远之外的地方去吗……不过，倒没有什么不痛快的，山中笑呵呵地问：

"那么，你到底想要什么呢？"

猫轻轻地把斗篷一翻，进到了店里：

"其实呀，我是想给这件黑斗篷配上红色的里子。"

猫说，这黑斗篷是上等的山羊绒。

"好漂亮的斗篷啊。"

听山中这么一说，猫连连点头：

"是啊。听说今年的冬天格外冷，才狠下一条心定做了一件！因为我特别怕冷。不过，今天听了气象厅发布的长期预报，说是不久西伯利亚的寒流就要来了。要是那么可怕的家伙来了，我非冻死不可。所以，下了决心啊。决心给这件斗篷配上衬里。"

"可不是，配上衬里就暖和多了……那么，你看这块怎么样？"

山中从衬里的架子上，拿下来一捆橘黄色的布，想不到猫发出了一声尖叫：

"人造丝不行。那玩意儿唑啦唑啦的，手感一点都不好。请给我百分之百的丝绸。"

"可真奢侈啊。"

山中呆住了，这回他从角落的架子上，把丝绸拿了出来。可猫盯着那布说：

"颜色不行。"

"可是，你刚才不是说红的好吗？"

"是。红是红，可我要的是炉火的颜色。这颜色，是太阳的颜色呀。"

"……"

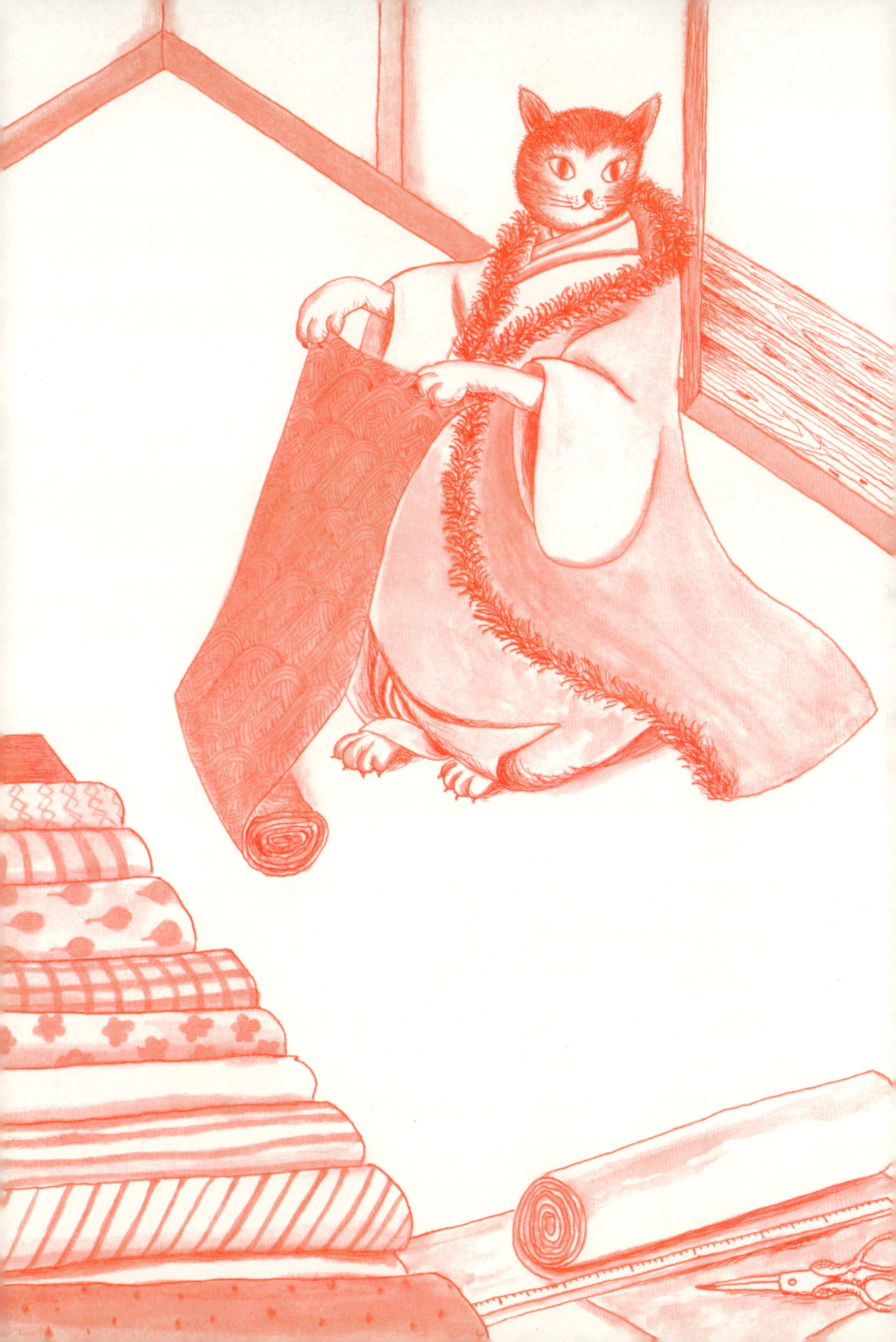

见山中吃惊地看着眼前的布，猫在一边低声说道：

"请稍稍眯缝起眼睛看一看吧。看，这是夏天正晌午的太阳的颜色吧！火辣辣的，向日葵也好，美人蕉也好，西红柿也好，西瓜也好，全都一块儿燃烧起来了，不正是那个时候的颜色吗？"

山中轻轻点了点头。啊，这样说起来，带了点橘黄色的红里头，是有盛夏的晃眼和痛苦。

"是这样，我有点懂了。"

山中眨巴着眼睛，点了点头。猫静静地说：

"虽说整个说起来，红色是一种暖色，但那种温暖，却又是各种各样的。太阳的温暖、火炉的温暖，还有夜里窗口亮着的灯光的温暖……这全都不一样。还有，即使是火炉的温暖，又有劈柴火炉、煤气火炉和石油火炉，我最喜欢的是劈柴火炉的感觉。就是劈柴火炉一边发出噼噼啪啪的声音，一边燃烧时的那种感觉。不过，还不仅仅是温暖，就这样，一颗心安歇下来，不知不觉地睡着了似的感觉。用不着担心什么不完全燃烧、煤气泄漏，一边想着森林、丛林和原野，一边就能安心入睡。那种感觉，只有劈柴火炉才有啊。"

"是这样。"

山中点了点头。猫说的，他懂是懂了，可一旦要决定起颜色来，就又不知道选哪一种好了。

店里的架子上，红色的衬里就有七种。有偏橘黄色的红，有带了点桃红色的红，还有像绽开的红玫瑰一样的深红色。山中犯愁了，猫仰头看着山中，这样说道：

"对不起，请把七种全部拿下来，摆到这里。"

可真是够折腾的！一边想，山中一边把用薄板卷起来的七捆衬里，从架子上拿了下来，竖着放到了猫的面前。

"让我舔一下行吗？"

猫说。说完，也不等山中回话，就伸出红红的舌头，舔起布的边儿来了。

"喂喂，这可不行！这全都是出售品啊！"

可猫却用绿眼睛瞥了山中一眼，说：

"不用担心，猫的唾沫立刻就干。"

一眨眼的工夫，就把七捆衬里的边儿全都舔了一遍。

衬里的边儿被舔出了一个个小指尖儿大小的湿痕，各自的颜色更深了。猫哼哧哼哧地从头开始嗅着它们，不是把耳朵贴上去，就是轻轻地搓一搓。彻底地研究了一番之后，这才在搁在当中的一捆最浓最深的红布前面停了下来。

"就是它，就是它。它才是劈柴火炉的火的颜色！"

"……"

山中又一次凝视起猫看中的衬里来了。然而，却怎么也看不出来，就模仿着猫的样子，从头开始依次嗅了起来，把耳朵贴了上去。

于是，他有点懂了。

边上带了点桃红的红色衬里，有一股好闻的味道。那是像野玫瑰、梅花一样的小花的亲切的、甜甜的味道。山中深深地吸了一口气，轻轻地闭上了眼睛。于是，一片没有尽头的香豌豆田就浮现在了眼帘里。香豌豆在风中摇曳着，异口同声地呼唤着：喂，喂！然后，一齐笑了起来。那亲切的、辉煌的笑声，就像有无数面手鼓被同时敲响了一样。

"什么样的感觉？"

被猫一问，山中回答说：

"这呀，是一种误入花田的感觉的颜色，喜不自禁。"

猫嗯嗯地点着头。

"非常好，渐渐地就会懂了。这虽然是一种轻飘飘的好颜色，但却不适合做斗篷的衬里。要是配上了这样的衬里，总像有谁在你耳边低声细语似的，沉不住气呀。那么，您觉得这个怎么样？"

猫朝它边上的紫红色一指。

"唔，这个素雅了一些，适合中年人。"

听山中这么一说，猫轻蔑地抖动着胡须，说：

"这样的判断方式不行呀。我舔过的地方，您好好看一看。用耳朵去听一听声音。请认真地去做一遍。"

山中勉勉强强照猫说的去做了。然后，他嘟哝道：

"怎么搞的，这种颜色让人头昏脑涨的，像被人灌了酒，一种被哄得舒舒服服的感觉。"

山中觉得自己仿佛是坐在了葡萄酒的瓶底。瓶底的山中烂醉如泥，从头顶到脚尖，全都染上了葡萄酒的颜色。而且，当那个头昏脑涨的脑袋突然醒过来的时候，从什么地方听到了曼陀铃的声音。丁零丁零，曼陀铃发出了古老的声音。

这是一首山中知道的曲子，但山中怎么也记不起它的名字来了。

"那是一首什么歌呢……"

他一遍又一遍地听着，那本来是一首辉煌而欢快的曲子，但到了最后，却要让人泪流满面了。

"怪了，怎么悲伤起来了呢？"

山中嘟哝道。这时，耳边响起了猫的声音：

"是的，我也是这样的感受。"

山中这才发现，眼前的猫在不断地点头。

"怎么说呢，偶尔披披这样衬里的斗篷还行，天天披天天披，可就受不了了。所以，我还是觉得这边这种颜色最合适。"

一边这样说，一边站到了刚才自己指过的当中的衬里前头。

"这种颜色怎么样？"

山中重新试起那衬里来了。

嗨，从那布料的里头，若隐若现地传来了劈柴燃烧的声音。而且，还有一股干透了的树的味道。用手摸上去，微微有点发热，是一种非常好的感觉。

"喏，这样一来，就能看到火苗了吧？"

听猫这么一说，山中眯缝起眼睛看去，他真的在布里看到了一股小小的火苗。微弱的火苗飘摇不定，一点一点地扩展开来了。

山中慢慢地点了点头。

"是这样啊，我懂了。寒冷而悲伤、忍受不了的时候，如果被这样的颜色裹住，也许立刻就解脱了。这种红，不只是温暖，还是一种让人安宁、亲切的颜色啊。"

猫满足地点了点头，说：

"您总算是懂了。那么，这个请给我剪33厘米。"

山中取来长尺和剪刀，不多不少，剪下来33厘米。然后，一边往小里叠，一边说："不过，谁来缝呢？缝衬里可是一件相当复杂的活儿呀。"

猫抽动了一下耳朵，答道：

"内人缝。内人过去是西式裁缝学院的猫。"

然后，接过衬里的包，一脸认真地问："多少钱？"

山中扒拉了一下算盘，说：

"500元。"

猫从斗篷里正好掏出来500元，恭恭敬敬地递给了山中。然后这样说道：

"这就告辞了。托您的福，这个冬天我又能活下去了。"

冲着行了一个礼、要走的猫的背影，山中心情愉快地招呼道：

"喂，别急着走啊，一起吃一顿晚餐怎么样？我们家今天晚上吃咖喱。"

猫在门口那里回过头来：

"对不起，我不能接受您的好意。"

猫礼貌地谢绝了。

"那种又辣又浓的东西，不对我的胃口。下回，如果烧普罗旺斯鱼汤的时候，请叫我一声。"

猫舞动了一下黑色的斗篷，出了店门。

（真是一个少见的家伙！）

山中缩着脖子，开始收拾起散落的衬里来了。

"红是红，还有劈柴火炉的红啊……颜色，真是不可思议的东西啊。"

这样自言自语着，山中又琢磨起其他各种各样的颜色来。

店里的架子上，还有好多种衬里。有大海颜色的衬里，还有矢车菊颜色的衬里。有柠檬的黄色，还有油菜花的黄色。有四月森林的颜色，有八月森林的颜色。

不管是哪一种颜色，都静静地睡着，一旦把它们拿下来展开，

就全都会唱起各自的歌,飘出各自的味道似的。山中还想和那只猫一起,一个一个慢慢地试一遍。

"再来呀。下回我一定请你喝普罗旺斯鱼汤。"

山中嘟哝道。不知为什么变得那么兴奋,山中一个人不停地吹起了口哨。

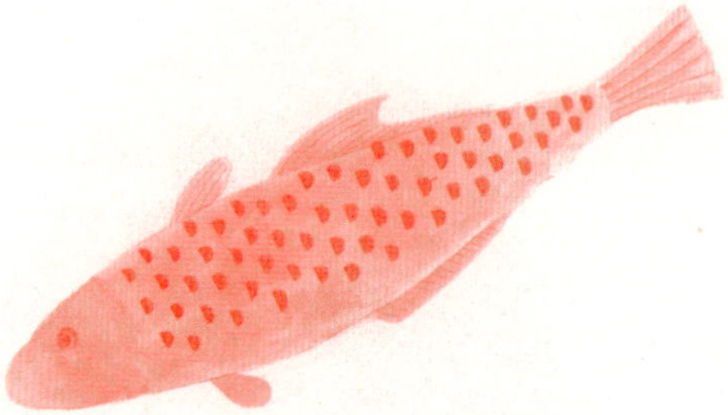

海之馆的比目鱼

那是一条几百年才能到手一次、有魔力的鱼。
一条再怎么死，还能起死回生的了不得的鱼。
被它看中的人，就是一个幸运儿了。

1

岛田岛尾在阿卡西亚西餐馆干活儿。

从站前的交叉点往右拐，第三家，就是房顶上装饰着巨大的鸡的那家西餐馆，在厨房里，洗盘子洗菜，从早干到晚。

年龄是二十二。

从童年起，他就特别喜欢烹饪和美食，就想成为一个够格的厨师。十六岁那年，一个人来到了这座小镇。以后的日子里，岛尾就一直住在这家餐馆狭窄的阁楼上，拼命地干活儿。不管是别人怎么讨厌的活儿，都高高兴兴地去干。每天早上，从剁堆积如山的洋葱头开始干起，洗盘子洗锅，擦水池子，连倒垃圾也是他的活儿。

可尽管这么干，岛田岛尾还永远是一个最低等的下手。

阿卡西亚西餐馆，除了岛尾之外，还有五位厨师。全都戴着一样的白帽子，穿着浆得笔挺的白制服。可是，和岛尾同岁的山下君，老早就担任起煎蛋卷的活儿了，比岛尾不知道要晚进来多久的冈本君，也让他一个人烧汤了。可唯有岛尾永远只能打下手，大概是因为他没有"烹饪学校的毕业证书"吧？再有，或许就是他这个人太老实、死心眼儿，不会讨好别人了。

也可以说是运气不好。岛尾的厨师长，是一个心术极端不正的人，烹饪的窍门，一样也不教。就连让他尝一口锅里剩下的汤，都不愿意。可当岛尾失败的时候，却会说出这样的话来：

"你干脆辞职算了。你要是不被海之馆的比目鱼看上，就甭想成为一个够格的厨师！"

一直相信在这个世界上，只要忍一忍，拼命干活儿，怎么也能成功的岛尾，这段日子，是彻底地一蹶不振了。

（这样下去，也许我这一辈子也翻不过身来了……）

因为心灰意冷地干活儿，这段日子，岛尾不是伤了手指、打碎了杯子，就是弄翻了调味汁的锅。而每当这个时候，厨师长就会狠狠地臭骂岛尾一顿，同事们也会说他的坏话。

"这人可真是一个废物啊！"

一天，冈本君一边把柠檬切成月牙形，一边讥讽道。

"真是的。脑袋不会拐弯的家伙，再怎么不顾一切地干活儿，也是没用啊。越是拼命，越是拼命地失败哟。"

山下君帮起腔来，声音大得整个厨房都可以听到。厨师长装出什么也没有听见的样子，吹着口哨。

实在是太气人了，岛尾的脸涨得血红血红。他强忍住泪水，弯腰打扫着洒了一地的调味汁。

不在这家店干了吧，不干了，重找一家，重新干起吧……对，就在他心里决定了的一刹那，有谁说道：

"忍一忍，忍一忍。"

"哎？"

岛尾站起来，朝四周扫了一圈，可是谁也没有和岛尾说话。听到的，只有换气扇的呜呜声和锅里的油的声音。岛尾又弯下腰，拿起了抹布。

045

于是，又响起了细小的声音：

"我会帮你的，请在这里再忍受一下。"

这声音，怎么这么像死了的父亲呢？岛尾正想着，发现一条比目鱼躺在水池下面的一块冰上头。不，是与比目鱼的眼珠子相遇了。天哪，比目鱼竟还活着。它那小小的眼珠子，黑亮亮的，嘴巴吧唧吧唧地动着。从那张嘴巴里，比目鱼说出了这样的话来：

"我马上就要被烹饪、被吃掉了，可是，即便是只剩下了骨头，我也还是活着的。所以，请不要把我的骨头扔进垃圾桶里。如果好好珍惜我的骨头，我一定会帮你的。我一定会引导你到自立门户那一天。"

"……"

岛尾吃了一惊，抹布掉到了地上。然后，放低了声音：

"珍惜骨头，是……"

刚开了一个头，比目鱼干脆地回答道：

"也就是说，请把我的骨头送回到水里。"

"送回到水里？"

"是。就是放到杯子里也行。最好能倒上满满一杯子的海水，如果办不到，请倒上盐水。明白了吗？要是明白了，就去那边干活儿吧！瞧呀，莫内沙司已经准备好了。该轮到我出场了。"

这时，厨师长吼了起来：

"岛田君，地你要擦到什么时候呀？快点把那里的比目鱼拿过来。"

岛尾的肩膀头哆嗦了一下，揪住比目鱼的尾巴，拎到了水池。厨师长一边用水冲比目鱼，一边大声地问："菠菜洗了吗？"

"是，洗过了。"

岛尾答道，一张脸紧张得认真过了头。接着，他把盐、胡椒和烈性的白葡萄酒拿到了案板上。烤炉已经达到了160度的温度。烤盘上也涂上了黄油。

岛尾在案板的边上，一边剁荷兰芹，一边在心里一遍遍地重复着刚才比目鱼的话。

"岛田君，剁完荷兰芹，去把土豆的皮削了。"

冈本君在后面喊。山下君接着说：

"快点干呀。虾还没准备好吧？今天是星期天格外忙，不麻利点不行啊！"

"知道了，知道了。"

岛尾点点头，不停地干着。一边洗着满是泥土的土豆，岛尾一边还是在心里重复着比目鱼的话：

（自立，自立。）

顿时，心头不可思议地明朗起来了。削土豆皮的时候也好，剥小虾的壳的时候也好，岛尾一直留心着刚才的那条比目鱼。从比目鱼被撒上盐和胡椒，装到烤盘里，一直看到最后被浇上沙司，放到了烤炉里。

不一会儿，裹着一层淡茶色沙司的比目鱼烤好了，被从烤炉里取了出来。岛尾的心怦怦地跳着，目送着它被盛到一个白色的大盘子里，撒上荷兰芹，消失在了客房里。

（好了，这后面才是正式开始。）

岛尾想。对于岛尾来说，等待比目鱼的盘子从客房里端回来，是何等的漫长。

一边洗着脏了的切菜板、锅和碗，岛尾一边时不时地偷看一眼

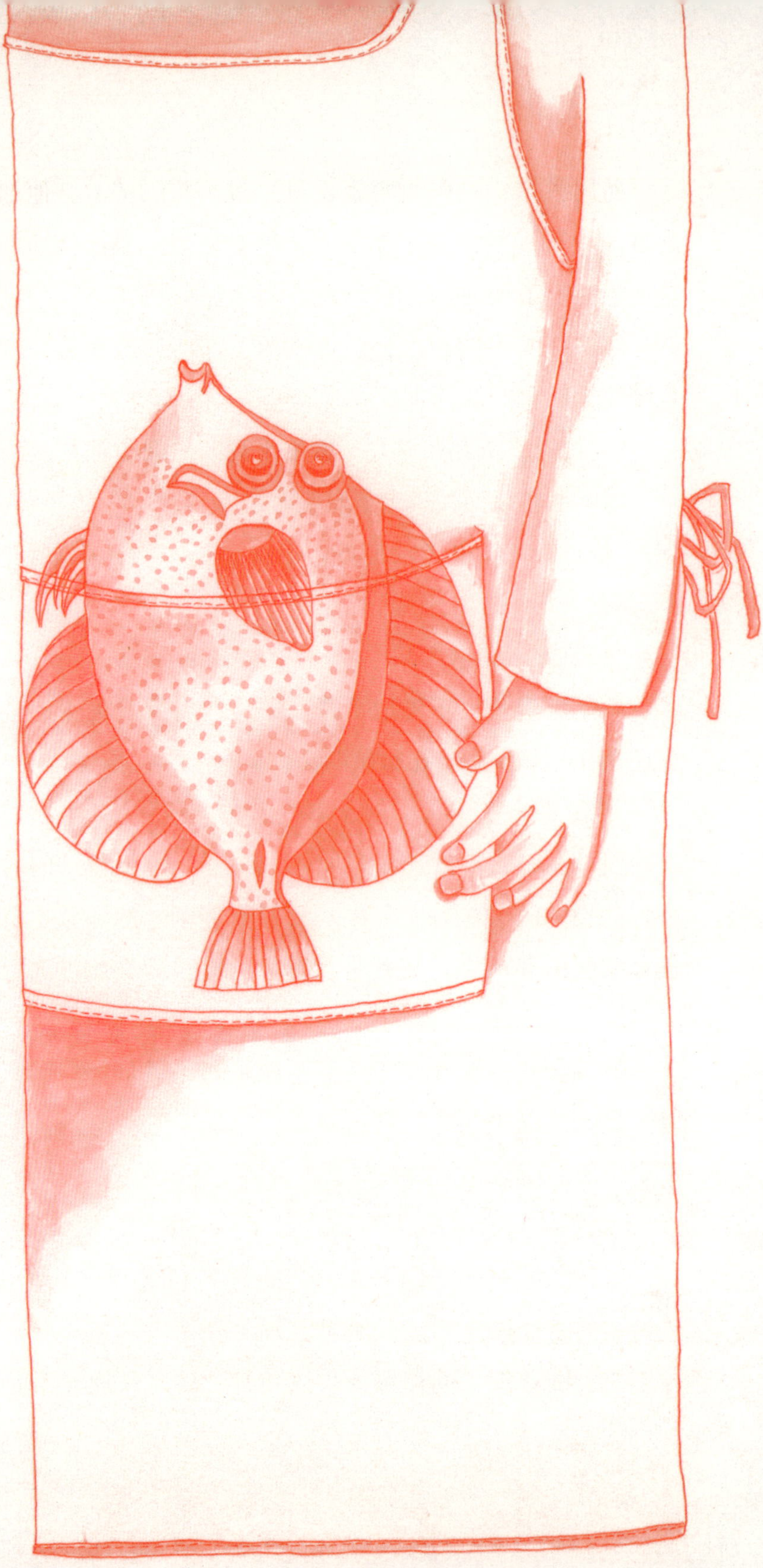

连接着客房的门。大约三十分钟，脏了的餐具一下子被端了回来。岛尾跑上去，从里头把那条比目鱼的骨头找了出来，飞快地用抹布包住，塞到了口袋里。

没想到白制服的大口袋那么大，岛尾暗暗地感谢起它来了。因为比目鱼的骨头，就那样头连着尾巴，被整个装在了口袋里。

2

这天夜里，工作彻底结束了之后，岛尾跳着爬上了阁楼的楼梯。

岛尾一个人住在阁楼斜顶的小房间里。阿卡西亚西餐馆其他的厨师，全部通勤，住在店里干活儿的，只有岛尾一个人，因此岛尾还兼任着餐馆看门人的职责。店经理总是跟他说："锁门是你的工作啊！"

往一个大玻璃杯子里，倒满了清水，又把从厨房偷偷拿来的一匙盐，放到了水里，岛尾这才像举行什么肃穆的仪式似的，慢慢地把鱼骨头从口袋里掏了出来。

"比目鱼！"

打开抹布，岛尾轻轻地唤道。

"比目鱼，杯子准备好了哟。把你送回水里去了哟。"

一边说，岛尾一边把比目鱼的骨头从尾巴开始，轻轻地放到了水里。已经被烤死了的比目鱼的白眼珠子，一到水里，立刻就炯炯放光了，这让岛尾吓了一跳。比目鱼的嘴，又静静地动了起来，说：

"啊啊，终于起死回生了。"

只听岛尾问道：

"盐的浓度怎么样？和海水不大一样吧？"

只剩下了骨头的鱼说：

"唉，这种地方，也是没有办法的事。等有一天我的任务完成了，请把我送回到大海。"

"任务？"

"哎呀，忘了可不行呀。刚才不是已经说过了吗？我要让你成为一名够格的厨师，拥有一家自己的店！"

"可，这样的事……真的能行吗……我，还是个打下手的……"

一看岛尾的脸阴沉下来了，比目鱼眼珠子闪闪发光地说：

"我啊，刚才在厨房的冰上看见你干活儿的样子，一下就喜欢上了。正直、认真，这比什么都强。这样的人还总是被人伤害，实在是让我忍无可忍……"

岛尾的胸口突然热了起来。已经有好久，没有听到过这样热情的话了。比目鱼眺望着窗外黑暗的夜空，继续说了下去：

"我会想方设法引导你到自立门户的那一天。那之后，就要靠你自己了。"

岛尾恭恭敬敬地点了点头。比目鱼说：

"首先，要拥有一家自己的店。最好是带一个用起来方便的厨房的小店。"

"店！"

岛尾怔了一下，禁不住大声叫了起来。

"我、我没有那么多钱呀！知道吗？我的财产，只有这么多啊！"

岛尾从壁橱的大皮箱里拿出一个存折，翻开给它看。从进这家店工作以来，拿到的薪水，岛尾一分都没有乱花过，全部都存在这里了，可这也不够拥有一家店的钱啊！比目鱼却满不在乎：

"不用担心。"

鱼说：

"拿着它，到梧桐街三十八号去一趟。这会儿，那里有一家店出售。那是一家西餐馆啊。掌柜的干腻烦了，正要卖掉它哪。你把所有的存款都交给掌柜，剩下的，告诉他明年一定还给他。"

"不可能这么简单呀！"

岛尾噘起了嘴。这个世道艰难的世界，又有谁会去听一个孤独的年轻人的不足挂齿的愿望呢？岛尾叹了一口气，鱼突然发出了可怕的声音：

"如果你不相信我，就什么也实现不了。"

它的眼珠子射出了严厉的光，岛尾慌忙连连点了几下头。鱼严厉地低声继续说：

"万一不行，你就对店主说一句话试一试，你就说'有海之馆的比目鱼跟着我哪，绝不会让您吃亏'。"

岛尾悄悄地把鱼的话重复了一遍：

"有海之馆的比目鱼跟着我哪，绝不会让您吃亏……"

于是，不可思议的是，岛尾的心彻底地明朗起来，力量倍增。他有一种感觉，一切都会如愿以偿的。

这天夜里，岛尾是一遍一遍地重复着比目鱼的话才睡着的。

3

第二天晚上，厨房的工作全都结束了之后，岛尾出发去梧桐街。上衣里面的口袋里，装着中午休息时从银行取来的钱。

"梧桐街三十八号。"

岛尾嘟囔着。

过了晚上九点，梧桐街上的人就稀稀拉拉的了。只有酒吧的霓虹灯闪烁着红光，从通往地下的窄窄的台阶下面，传来了醉鬼的吵嚷声。岛尾小心地走在路上。一座建筑的前面，飘动着一张写着"出售店铺"的白纸。是一座有着雅致的茶色门、西餐馆风格的房子。

"就是这里，就是这里。"

岛尾轻轻地敲响了那扇门。

没有回音，岛尾又敲了一次。这回从里头传来了开锁的声音。一个秃头的胖男人探出脸来。

"这店，是要出售吧？"

岛尾结结巴巴地问。胖男人点点头。

"那么，请一定让给我。我虽然现在还在阿卡西亚西餐馆工作，但我想，我很快就会独立的。"

"嚸，阿卡西亚西餐馆，那可是一流的！"

男人把门开大了一点，让岛尾进到了自己的店里。

这确实是一家又旧又小的店，但桌子也好，椅子也好，灯光也好，却都挺有品位的。岛尾在距离门口最近的一把椅子上坐了下来，把装着钱的信封，从口袋里掏了出来，一口气说道：

"我今天只拿来这么多钱,剩下的,我明年一定还清,请把这家店卖给我吧!"

"……"

男人愣在那里,死死地盯住了岛尾的脸。

"突然这么一说……"

然后,撇了一下嘴,不过马上就改变了主意,问:

"那么,你带来了多少钱呢?"

于是,岛尾回答道:

"这是我在阿卡西亚西餐馆拿到的六年的薪水。请您数一下。"

男人勉强把信封里的钱抽了出来,开始数起来。还没全部数完,就说:

"这也差得太多了。什么剩下的明年还,我才不会上当受骗呢。"

于是,岛尾深深地吸了口气,把昨天鱼教给他的那句话,一口气吐了出来:

"有海之馆的比目鱼跟着我哪,绝不会让您吃亏。"

于是,怎么样了呢?男人的脸顿时就变得惨白,然后眼看着又变红了。

"你说什么……"

呻吟似的低声咕哝了一句,男人目不转睛地盯住了岛尾的脸。

"你认识海之馆的比目鱼?"

岛尾点点头。男人这回靠得住似的看着岛尾:

"你可真不得了!"

他说:

"海之馆比目鱼的传说,还是很久很久以前,从我爷爷那里听到过。说那是一条几百年才能到手一次、有魔力的鱼。一条再怎么死，还能起死回生的了不得的鱼。被它看中的人，就是一个幸运儿了。你可真不得了……让我也沾沾你幸运的光吧！"

男人一个人兴奋得哇啦哇啦够了，从里头的房间里，拿出了笔和文件。

"我好歹也算是一个厨师。就让我相信海之馆的比目鱼一回，把这家店卖给你吧！剩下的钱，来年还给我就行。好了，请在这里签名。"

就这样，转眼之间，岛尾就到手了一家店。

气喘吁吁地回到房间里，岛尾把这事对杯子里的比目鱼说了，想不到比目鱼满不在乎地说：

"那么，接下来的，就是下面的工作。"

"……"

"你已经有一家店了，所以从现在起，你必须抓紧时间学会烹饪。你必须有一份别的西餐馆没有的、让人拍案叫绝的菜单。你听好了，从现在起，每天晚上我都会教你做法，请努力听好。而且，学会的菜，要立刻试着做一遍。"

"可是……到底在什么地方……"

岛尾犹豫起来。他怎么也不敢想象擅自使用阿卡西亚西餐馆的厨房。这时比目鱼说：

"你在说什么啊。你的店不是刚刚到手吗？那里不是有厨房，还有锅，有菜刀，一切必要的东西都备齐了吗？听好了，这回一拿到薪水——正好是明天——马上就用它去买烹饪的材料。然后把它们悄悄运到你自己的店里，在半夜里练习。一开始，请照我教的去做。火候呀，分量呀，丝毫也不能马虎。因为最后一匙盐、一滴葡萄酒，就会让菜变味。暂时要忙上一阵子了,没有时间睡觉,也没有时间休息。"

岛尾默默地点了点头。

4

从接下来的那个晚上起,岛尾的学习开始了。

比目鱼在杯子里,不停地吧嗒着嘴,教给岛尾各式各样的烹饪方法。还不仅是阿卡西亚西餐馆常常使用的鸡、虾和牡蛎的菜。比方说,像什么蛙腿冷盘啦,什么海龟汤、野鸭橘子沙司、烤云雀以及馅饼皮包鲑鱼之类的菜,等等。

这些菜的做法,比目鱼一天晚上只讲一种,又说得特别详细,所以岛尾必须全神贯注地用本子记下来。而且,比目鱼一讲完,他立刻就得抓起那个本子,到梧桐街的店里去把学到的菜试着做一遍。

岛尾格外地认真。火候、水的多少、盐的咸淡,甚至连撒胡椒的样子都绝不肯马虎。

就这样,经过这样全神贯注、连鼻歌都不哼一声的练习,岛尾的技艺大有长进。而且,只那么几天,就成为一个技艺超群的厨师了。说不定,阿卡西亚西餐馆的厨师长都不在话下了呢!

可是,岛尾绝不狂妄自大。不但不在同事面前炫耀自己的技艺,反而和以前一样,继续任劳任怨地干着打下手的活儿。

除了干活儿还是干活儿,没有时间睡觉,也没有时间休息,已经快要倒下来了——

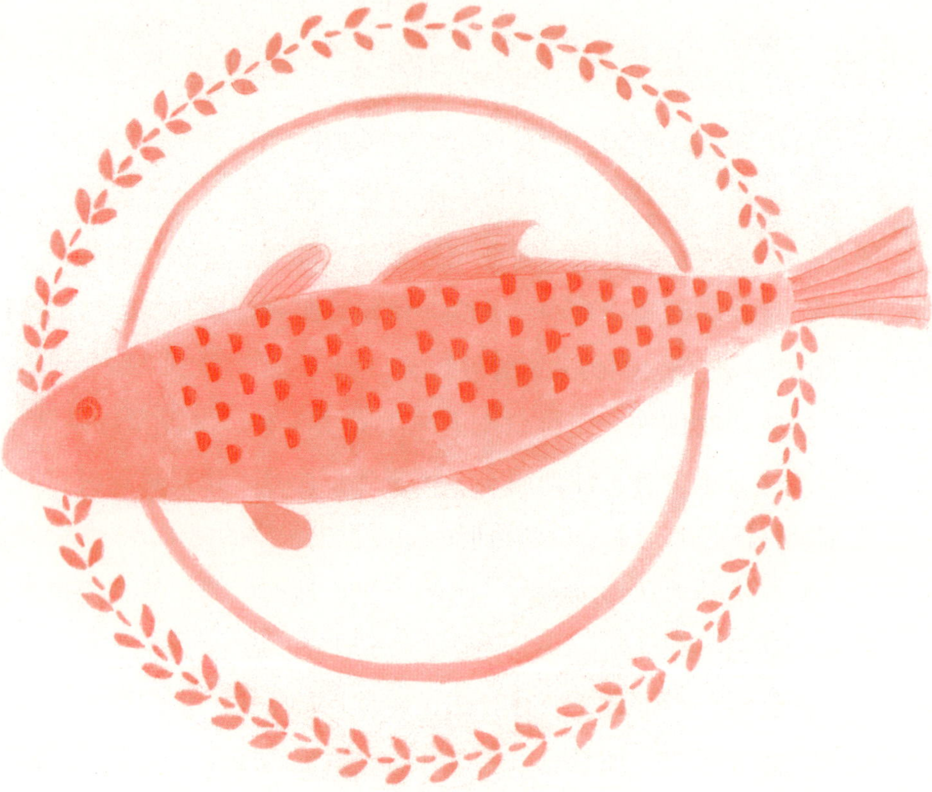

说实话，岛尾有点瘦了。脸色也不好，还时不时地头晕。

"你可真是一个拼命的人呀。而且，还是个正直的人。白天黑夜，都那么努力，真让我喜欢啊！"

一天晚上，比目鱼这样说道。然后，这回又把从材料的采购方法、菜单的摆法、葡萄酒和甜点的选择方法到桌子上花的装饰方法，都详详细细地教给了他。

就这样，当鱼的"讲义"全部讲完了的时候，鱼静静地说：

"你真努力啊！至此，独立的准备就算基本上完成了。开店还有些日子，先休养一下身子。每天晚上睡得足足的，攒下力气。"

岛尾长舒了一口气，点点头。鱼像是想起了什么，说出这样的话：

"不过，我还要为你做一件事。"

"什么事呢……"

"你必须娶一个媳妇。找一个开朗、性情温和而又能干的女孩，结婚呀！"

"……"

"西餐馆说到底，毕竟是接待客人的生意啊，菜的味道再怎么好，没有一个和蔼可亲的女主人，也是不行。"

确实如此，岛尾想。可这样的女朋友，岛尾连一个也没有。

"这可太难了。"

岛尾嘀咕了一句。鱼的目光变得柔和起来了：

"不，这回到白桦街去一趟吧。"

鱼说。

"白桦街？对了，就是银行的隔壁，不是有一家点心店吗？它的地下，是间小小的咖啡店。那里，一直有一个弹钢琴的女孩。是个穿着蓝色的衣服、非常可爱的女孩。我觉得那样的女孩,和你特别般配。"

鱼的眼睛,仿佛能够看到那个女孩的模样似的。

"喂,明天就去看看吧!"

鱼这么劝他道,可是岛尾还是犹豫不定。这样的女孩,真的会喜欢上自己吗?他非常担心。

"过几天……去看看。"

岛尾小声回答。但是好些天过去了,岛尾也没有去。

比目鱼用一条条古老的谚语,像什么"趁热打铁"、什么"当行即行",催促要永远犹豫下去的岛尾。

终于有一天,岛尾想去白桦街了。

5

这天,是阿卡西亚西餐馆的休息日。岛尾穿上往常不舍得穿的衬衫,系上了领带。鞋,也拣了一双最漂亮的穿上了。然后,心神不定地走上了林荫道,在银行的隔壁,他找到那家陈列着精美点心的点心店。接着,他顺着边上窄窄的楼梯走了下去,正如比目鱼所说,有一家咖啡店。

暗淡的小店里,静静地流淌着钢琴的乐曲声。听上去,海浪一样的声音是那么的亲切而宜人。

弹钢琴的,是一个穿连衣裙的女孩。连衣裙的领子上,镶着花边。上面是一头乌黑的长发。岛尾在角落的一个座位坐下了,他想:

(蓝色的虞美人草一样的人。)

要了一杯红茶，岛尾听着女孩弹钢琴，出神地听了一遍又一遍。结果，红茶都换了三回。但岛尾却始终没有勇气从座位上站起来，走到女孩的身边。

每逢休息日，岛尾就去那家咖啡店。然后，就坐在角落的座位上喝着同样的红茶，听着同样的钢琴奏鸣曲。

"怎么样了？和弹钢琴的女孩好起来了吗？"

一天晚上，比目鱼问岛尾。岛尾默默地笑了。

"说过话了吗？"

岛尾摇了摇头，小声这样说：

"我只要听着她的钢琴，就足够了。"

"这怎么行！"

比目鱼像斥责他似的说：

"拿出勇气来，去面对面接触一下啊。不这样，就失去机会了。"

"……"

"我教你一个好办法吧。烤一个可爱的馅饼。做法嘛，我上次已经教给你了。用新鲜的鲑鱼、蘑菇和香草。作料呢，是使它看上去好看的黑胡椒和盐。你要把它烤成一条小鱼的形状，用白色的餐纸包上，再扎上一条银色的丝带。等钢琴弹完了，悄悄地送过去。"

岛尾的眼睛放光了。论烹饪，他是不会输给别人的。于是，立刻就跑到了梧桐街自己的店里，一心一意地烤起馅饼来了。剁黄油的时候也好，揉面的时候也好，岛尾都在哼着那首钢琴奏鸣曲。

然后，接下来的那个休息日，岛尾带着这个烤好了的赏心悦目的小馅饼，去咖啡店了。然后，等那首钢琴奏鸣曲结束了，蓝衣女孩从钢琴前面站起来的时候，岛尾跑上去递了过去。

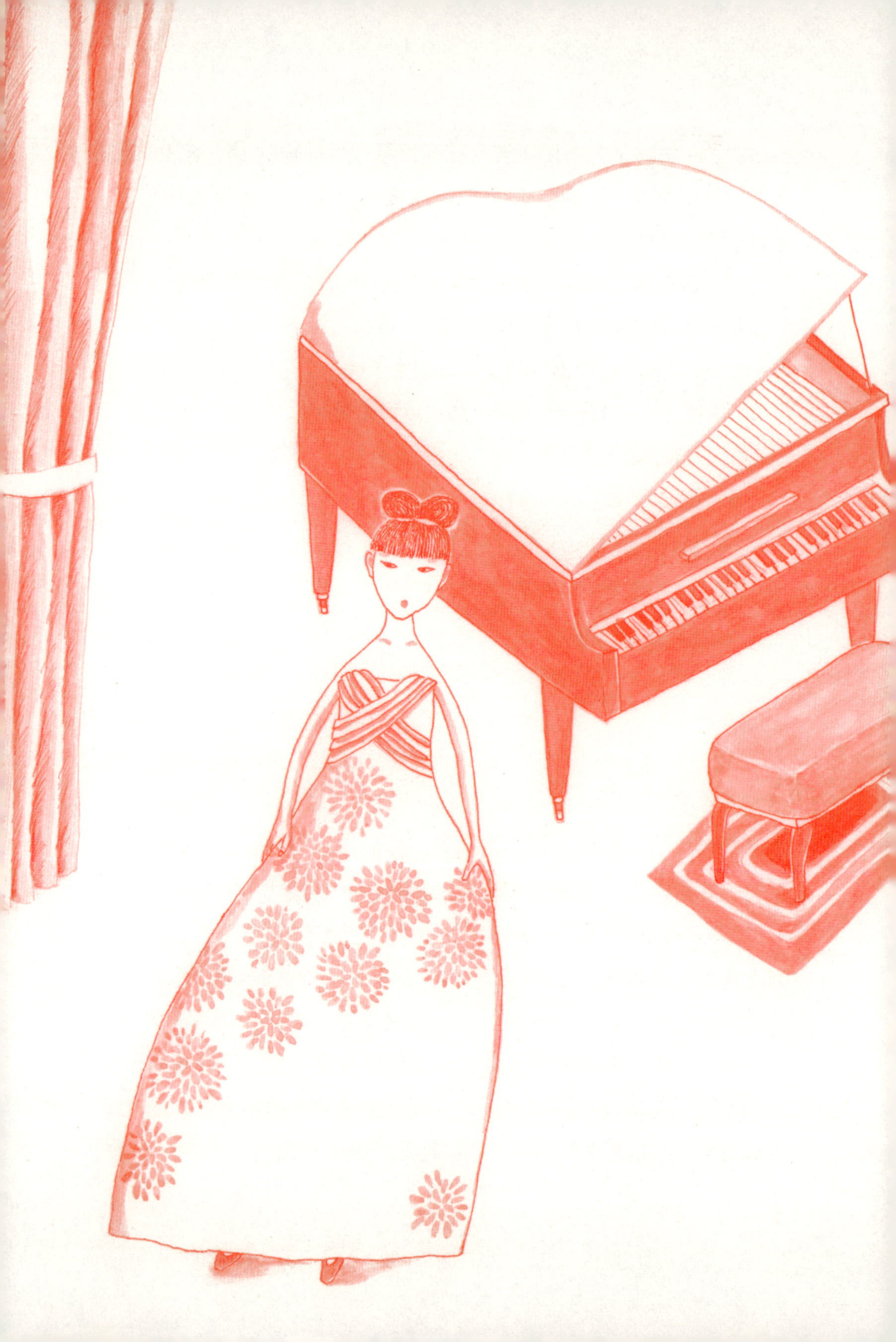

"是我烤的馅饼。请尝一尝。"

因为拿来的是自己擅长的馅饼，岛尾充满了自信，话也说得流畅。蓝衣女孩头一次凝视着岛尾，花一样地笑了。

就这样，岛尾和蓝衣女孩终于说起话来了。

女孩说她的名字，叫蓝。

"是大海颜色的名字啊！"那一声喃喃细语，一直回响在岛尾的耳畔。

岛尾为蓝烤了各式各样的馅饼。他以比目鱼教的方法为蓝本，在种种烤法上着实动了一番脑筋，做出了好几种谁也没有见到过的漂亮的馅饼。

比方说，像什么野鸡肉馅的星星形状的馅饼、蘑菇馅的树叶形状的馅饼、南瓜馅的心形状的馅饼。

蓝每次接过这样的馅饼时，脸颊都会泛起一层玫瑰色，说：

"看起来很好吃。"

然后有一天，岛尾终于横下一条心，对女孩开了口：

"喂，和我结婚吧，过几天，我就要有一家小店了。我们一起开这家店吧！"

蓝睁大了眼睛，定睛凝视着岛尾。因为这实在是太突然了，她一句话也说不出来了。于是，岛尾干脆直截了当地说：

"有海之馆的比目鱼跟着我哪，绝不会让你不幸的。"

"海之馆的比目鱼……"

女孩惊叫起来。然后她说：

"最近这段时间，我每天晚上都梦见鱼。一条有着不可思议的眼睛的大比目鱼，总是到我这里来，对我说：'要成为你丈夫的那个人，就要来了。那个人，肯定会让你幸福的。'啊啊，那个梦是真的啊……"

就这样，蓝答应了岛尾的求婚。

好了，这下愿望全都实现了。岛尾有了一家店，学会了出色的烹饪技艺，而且，还找到了一个可爱的新娘子。

和蓝两个人吃了一顿美味的晚餐，海阔天空地聊着，在白桦街、梧桐街和阿卡西亚街散完步之后，岛尾一个人回到了自己的房间。

放轻脚步回到阁楼，岛尾走近窗边的杯子，对比目鱼说：

"谢谢你，比目鱼。我们终于订婚了。"

比目鱼的眼睛里充满了慈爱，点了点头：

"太好了。我的工作，也就到此结束了。从今往后，就要靠你自己的力量了。说是说自立门户了，但还远着哪。借了那么多的钱不说，靠自己的力量开一家店，辛苦是免不了的啦。但是，只要正直、认真地干下去，肯定会好起来的。万一怎么也撑不下去的时候，就回忆一下海之馆的比目鱼的事情吧。我会远远地守护着你们。"

刚一说完，比目鱼的眼珠子眼瞅着就变白了，变成了死鱼的眼睛。

岛尾立即就辞去了阿卡西亚西餐馆的工作。

然后，和蓝举行了简朴的婚礼，搬到了梧桐街的新店。

新店开张的准备一结束，两人就去了一趟大海。

当然，是为了把那条比目鱼的骨头送回大海。

两个人划着一条小船，出海去了。然后，他们把用雪白的餐纸包着的骨头放到了海水里，在心里说了一声"谢谢"。

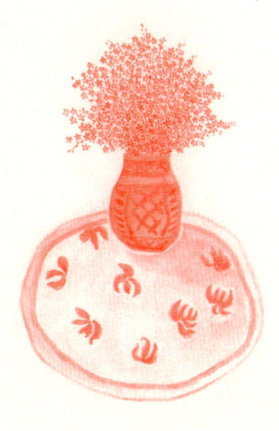

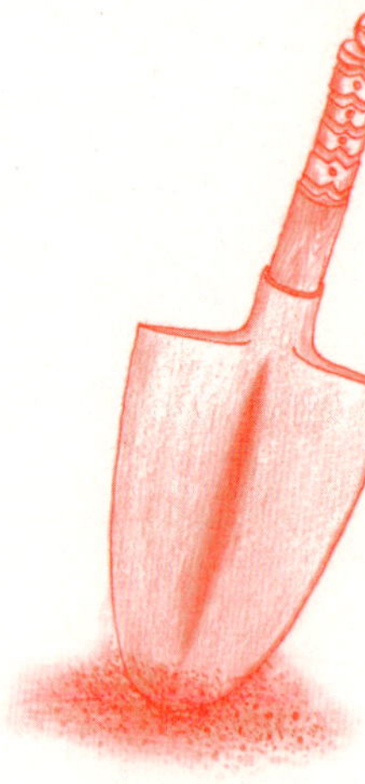

魔铲

老奶奶用银色的铲子轻轻地挖起沙子来了。
铲子嚓地一下插进了沙子里。
然后,舀上来的大海的沙子,
又哗啦啦地从铲子上淌了下来,
那是一种非常舒服的感觉,
老奶奶陶醉了。

谁把一把小小的铲子，忘在一个人也没有的公园中的沙坑里了。

铲子是银色的，柄上有波浪的图案。

"啊，好漂亮的铲子！"

边这么说着边站住了的，是方才一直坐在长椅上织毛衣的老奶奶。

"啊，还从没见过这么漂亮的铲子呢！这不是像活的鱼一样嘛！"

老奶奶捡起铲子，直眨巴眼睛。然后，把手提包一放，用铲子轻轻地挖起沙子来了。

铲子嚓地一下插进了沙子里。然后，舀上来的沙子哗啦啦地从铲子上淌了下来，那是一种非常舒服的感觉，老奶奶陶醉了。

"多好的沙子啊……"

老奶奶的心情仿佛又变成了一个小女孩，拼命地挖起洞来。

愈挖愈深了。

什么都忘记了，入迷地挖着。

想不到，沙坑里的沙子慢慢地变湿了，湿漉漉的沙子里，竟混杂着白色的贝壳……接着，咕嘟咕嘟，突然就从老奶奶挖的那个洞里涌出水来啦！

"我的天哪！"

老奶奶跳了起来。从沙坑里涌出来的水，哗哗地漫延开了。打湿了老奶奶的脚，打湿了膝头，溢满了沙坑。

"哎呀哎呀，不得了啦！"

老奶奶放声大叫的时候，耳朵里"哗"地传来了波浪涌过来的声音，怎么了呢？老奶奶居然是在海边！原来从方才起，就一直在海浪边的沙滩上拼命地挖着。

公园的长椅、秋千和白杨树都没有了。老奶奶的身后，是一眼望不到头的沙滩，前头，是一片蓝色的大海。老奶奶被风吹着，咕哝道：

"这到底是……"

这时，从身后一个远远的地方，听到了这样的声音：

"沙坑的沙子是大海的沙子，

谁也不知道的沙滩的、

谁也不知道的大海的沙子。"

老奶奶回过头，费了好大的劲儿才看清楚，远远的沙滩上，孤零零地坐着一只戴着草帽的猫，正瞅着这边哪。

"哟，这种地方竟然还会有猫！"

老奶奶张大了嘴巴。然后，慢慢地、慢慢地向猫那里走了过去。只听猫说：

"来到了一个好地方啊！"

仔细一看，猫的膝头上，搁着线和织针，正神气活现地织着东西。

"哟，织什么哪？"

老奶奶问。猫得意地抖动了一下胡须，这样答道：

"是网呀，网。"

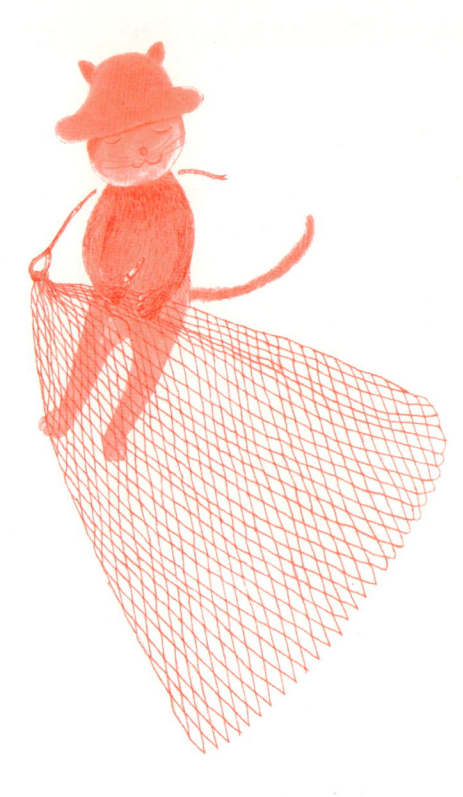

"网？"

"是。捕鱼的网。你也来帮我一下吧！"

是的，猫正用茶色的细线，灵巧地织着网。这太让老奶奶佩服了。

"快来帮我一下呀！"

猫一边说，一边从包里摸出另外的织针，递给了老奶奶。

"我从这头开始织，你从那头开始织。快一点织呀。要不，就来不及了。"

老奶奶因为特别喜欢织东西，也就没把猫那种盛气凌人的样子放在心里，坐到了猫的对面，听话地干起活儿来了。可是，猫却愈来愈盛气凌人了。

"你听好了，是锁七针，双钩一针呀！可别数错了！"

"这我知道哟！"

老奶奶大声地还击道，怎么说，也不能输给一只猫吧？她的手飞快地动了起来。

锁七针，双钩一针。

锁七针，双钩一针。

话虽如此，可这种地方怎么会有猫织什么鱼网呢……锁七针，双钩一针……说起来，海边有猫就够怪的了。从来也没有听说过哟……

猫就像是能看透老奶奶的心似的,"是啊是啊"地不住地点头,开始说了起来:

"不过呀,要是想吃活的鲜鱼的话,猫住在海边是再好不过了。意识到了这一点的聪明的猫,全都集中在了海边。后来,还建起了一座猫村。听好了,再过一会儿,大群的沙丁鱼就要从远远的海那边游过来了。那么一来,海的颜色就会突然变深。然后,念句咒语,就把这张网抛到海里。那么一来,就能捕到好些鱼。好了好了,请抓紧哟!再不快一点,沙丁鱼就要来了。"

老奶奶扑哧一声笑了起来。

鱼就是那么好捕的吗?说到底,猫还是一个傻瓜哟……

可就在这个时候,猫猛地站了起来,瞅着大海的方向,发疯一般地叫了起来:

"哇啊!"

猫把帽子摔到了地上,慌成了一团。

"这可不得了,沙丁鱼不是已经游过来了吗?"

老奶奶也站了起来,向大海看去。嗬呀,还别说,大海看上去真的比方才更加蓝了,远远的海面上漆黑一片。

"啊,可不能就这么放过去。就织到这里。"

猫用两手抓住网子的边儿,嗨哟嗨哟地拉起来。见老奶奶呆在了那里,猫又盛气凌人地命令道:

"喂喂,别发呆了,来帮我把网抛到海里打开呀。"

于是,老奶奶就抓住网子的边儿,和猫一起朝大海跑去。啪、啪、啪、啪,就像年轻人一样朝气蓬勃地跑去。还没织完的网打开了,大得吓人。

啪、啪、啪、啪……

抓着网,一直跑到了海滩上,猫才喊道:

"来,打开、打开。"

老奶奶抓着网,双臂张得是不能再大了。

"来,把网抛到波浪里去!"

和着猫的号令,他们俩用力把网投进了大海。一个白色的巨浪打了过来,要把网卷走。猫死死地抓住网子的一角,大声地唱起了歌:

"聚过来吧聚过来吧,小沙丁鱼,
银色跳跃的,小沙丁鱼。"

这咒语一唱完,猫就那么两手攥着网,哧溜哧溜地被拖向海里去了。这是怎么一回事呢?老奶奶正想着,猫竖起了眼睛,嚷嚷起来了:

"你发什么呆!还不赶快过来帮我拉网!"

"瞧,鱼已经落网了。"

老奶奶慌里慌张地跑了过去,在猫后面拉起网来。

嗨哟嗨、嗨哟嗨。

可不是,网子沉甸甸的。

嗨哟嗨、嗨哟嗨。

猫和老奶奶拉着网子,慢慢地、慢慢地往沙滩上退去。老奶奶转过身,脸朝沙滩,把网子扛在肩上,用力不停地拉着。然后,恰好到了方才坐过的地方时,猫叫了起来:

"捕到了,捕到了,渔业大丰收!"

扭过头一看,哎呀是真的呀,不是满满一网子的沙丁鱼闪耀着

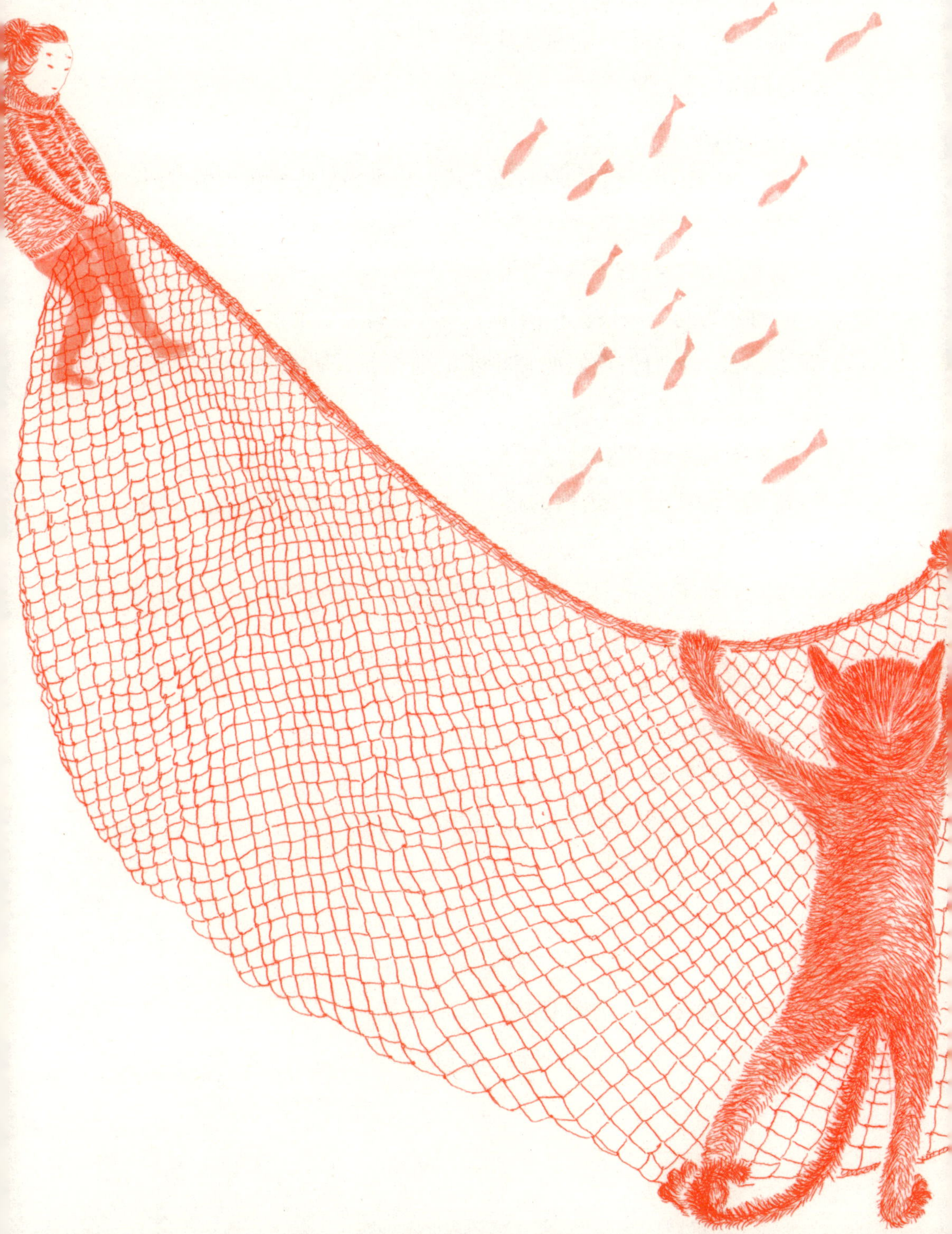

银光，扑腾扑腾地在跳吗？老奶奶别提有多开心了，也叫了起来：

"捕到了，捕到了，渔业大丰收！"

这回猫说道：

"帮我去卖鱼吧。"

"噢，原来这是要卖的呀。这么说，你是猫里头开鱼店的啦？"

"唔，就算是吧。"

"是吗？那么我就帮你一个忙吧。"

猫和老奶奶把一根长长的棒子，从装满了鱼的沉甸甸的网子当中穿了过去。然后，老奶奶在棒子的前面挑，猫在棒子的后面挑，一步一步地走在沙子路上。

不知不觉就到了傍晚。

天上星光闪现，傍着海的路上，灯一盏接一盏地开始亮了起来。

"那里就是猫的村子啊！"

猫说。可不是嘛，一排排全是屋顶上压着石子的小小的房子，每一家的烟囱上都冒着烟。

走到村边时，鱼店猫大声地吆喝道：

"美味的沙丁鱼，今晚的菜是刚捕上来的沙丁鱼！"

老奶奶也学着，吆喝起同样的话来。于是，走了几步，一座房子的门就"嘎吱"一声打开了，探出头来的，是头上戴着布手巾的猫太太。

"给我来一点吧。"

猫太太买了十条沙丁鱼，付了钱。

"美味的沙丁鱼，刚捕上来的沙丁鱼！"

猫才喊了一声，另外一家的门打开了：

072

"喂，沙丁鱼！"

端着笸箩出来的，是扎着头巾的猫老爷子。

"来一条。"

一个猫孩子，从另外一家的窗户里探出脸来说。不论是哪一家，都是住着猫的家庭。像人一样，正是做晚饭的时间。

老奶奶不由得感叹起来了。世上竟还有这样一个只有猫、这样集中在一起生活的地方啊……

就这样，网子不知不觉地就空了，而猫的口袋里、老奶奶的袖兜里，却塞满了钱。

"这下可赚大钱了！"

猫喜笑颜开地说。

"数一数，赚了多少钱吧。"

老奶奶也开心得不得了。

"到刚才的那片沙滩上去数吧。"

猫和老奶奶一折回到刚才的那片沙滩上，就轻轻地坐到了沙子上，开始数起钱来。

一、二、三、四……

全都是银币。正面刻着猫的脸，反面刻着鱼的图案的猫国的银币。

"赚大钱了呀！"

猫说。老奶奶点点头，心想：不用一分钱，就能赚这么多钱的生意还真是少见。

"这钱我们对半分。"

听猫这么一说，老奶奶就把一半的钱装到了袖兜里。

钱是有了，却觉得肚子饿了起来。

073

"肚子饿了吧？"

老奶奶说。

"哎呀，要是留几条鱼就好啦。"

猫说。

可不是嘛！捕了那么多鱼，全让别的猫吃掉了，真是太傻了！一股像是烤沙丁鱼的香味，从村子那边飘了过来，两人抽了抽鼻子。

"就算再有钱……"

老奶奶说。猫也沮丧地说：

"可不是嘛！猫饭店离这还远着哪！"

就在这时，两人瞅见远远的沙子上，有一条闪闪发光的鱼。大概是方才从网子里漏下来的鱼。

"嘿，还剩下一条啊！"

"掉下一条大鱼啊！"

老奶奶和猫一下子兴奋起来。

"把它烤了吃吧！"

他们俩朝着那条鱼跑了过去。朝着月光下那条静静地放着银光、鲜活的沙丁鱼，啪啪地跑了过去。然后，蹲下身子，伸出手去……

啊，它不是鱼，而是一把铲子。

不是老奶奶从公园里拿来的那把魔铲吗……

"这是咋回事？"

老奶奶捡起铲子，轻轻地坐到了沙子上。

"这是什么东西啊？"

猫在边上问。

"铲子哟。是我拿来的。是这样用的一种东西。"

老奶奶用银色的铲子轻轻地挖起沙子来了。

铲子嚓地一下插进了沙子里。然后，舀上来的大海的沙子，又哗啦啦地从铲子上淌了下来，那是一种非常舒服的感觉，老奶奶陶醉了。就在那里，一点一点地挖出一个深深的洞。

可从沙子里挖出来的，是小小的玩具汽车、玻璃球、弹子儿、过家家的碟子。

"哎，怎么净是孩子们的玩具？"

老奶奶这样一嘀咕，当当、当当，一种耳熟的钟声响了起来，还有白杨叶子在风中舞动的唰唰声……老奶奶正一个人蹲在正午的公园的沙坑里。

哪里有什么海呀，也没有猫。

"呀，做了一个梦。"

可是，不是梦的证据，是老奶奶那胀鼓鼓的袖兜。老奶奶急忙把手插进了袖兜。

可袖兜里却是满满的一兜贝壳。而且，还全都是白色的、粉红色的和淡紫色的美丽的贝壳。

"给孙子当礼物吧！"

老奶奶站起来。顺手想把银铲子也带回家去，可想了一下，又决定把铲子放回到了沙坑里。然后，老奶奶拎着装着毛线的包，慢慢地回家了。

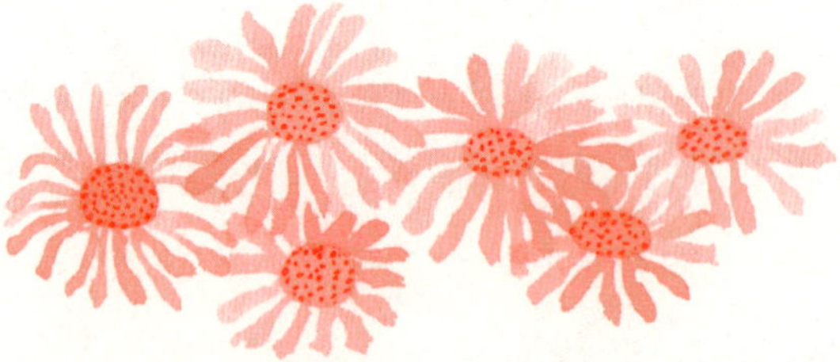

猫的婚礼

头上插着一朵白色的珍珠花、拖着长长的花边走进来的新娘子,千真万确,就是我的智衣子。
我的眼睛没有看错。
不管怎么化装,离开多么远,我一眼就能分辨出自己的猫来。
因为智衣子的眼睛是绿宝石一样的绿,毛是天鹅绒一样的白。
我连呼吸都忘记了。

"说实在的，本来也没想这么铺张。"

说是这样说，野猫银还是把一封请柬送到了我这里。

那是一个晴朗的星期天早上的事情。

我坐在走廊的椅子上，读着报纸。那只叫智衣子的猫，在我膝头上睡得正香。智衣子原本就是一只美丽出众的白猫，加上我每天早上用刷子仔仔细细地刷，那一身毛，看上去简直就像是白色的天鹅绒。

和智衣子比起来，别的猫可就是既粗野又肮脏了，根本就说不成话。特别是这只每天不经许可就进出我家门的叫什么银的野猫，脏得已经看不出原来是什么颜色的猫了，浑身上下都是伤，只有眼睛闪着一种叫人讨厌的光。

可就是这个银，今天却像淋过了一个浴似的，干干净净地来了。

"究竟怎么了？"

我一问，银前爪并到一起，一副煞有介事的样子说：

"我就要结婚了。"

"哈，那好啊。"

我点点头。猫也会结婚吗？我讨好地笑了笑，眼睛就又落回到了报纸上。这下，银用一种似乎是生气的声音说：

"请把那个信封打开哟！"

我这才发现，右手拿着一个方才银给我的白色的信封。信封上写着黑字"婚礼邀请"。

078

"哎，还举行婚礼？"

我小小地吃了一惊。于是，银眨巴着眼睛，一口气说道：

"是的。不过说实在的，本来我也没想这么铺张，可是女方说了，无论如何也要披一次新娘的婚纱。"

我一边嗯嗯地点头，一边打开了信封。里面放着一张四方形的卡片，上面这样写着：

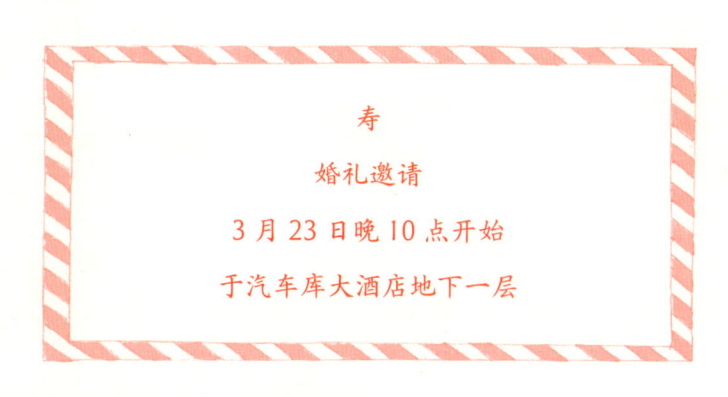

寿

婚礼邀请

3月23日晚10点开始

于汽车库大酒店地下一层

"汽车库大酒店……在哪里呢……"

我正想着，银用下巴朝围墙对面翘了翘，小声说：

"喏，就是边上的那片空地哟！"

"空地？停车场吗？"

"就是。那里的地下一层。"

"可停车场根本就没有什么地下啊。"

"不，有的。从秘密楼梯下去，有一个秘密的宴会厅。因为只特别邀请了您去那里，所以请悄悄地一个人来。请作为唯一的一个人类，为我即将开始的新生活祝福。"

究竟是从什么时候开始，银变得这么神气活现地说话了呢？一开始，从围墙的洞里钻进这个家里来的时候，还是一个孩子，不知为什

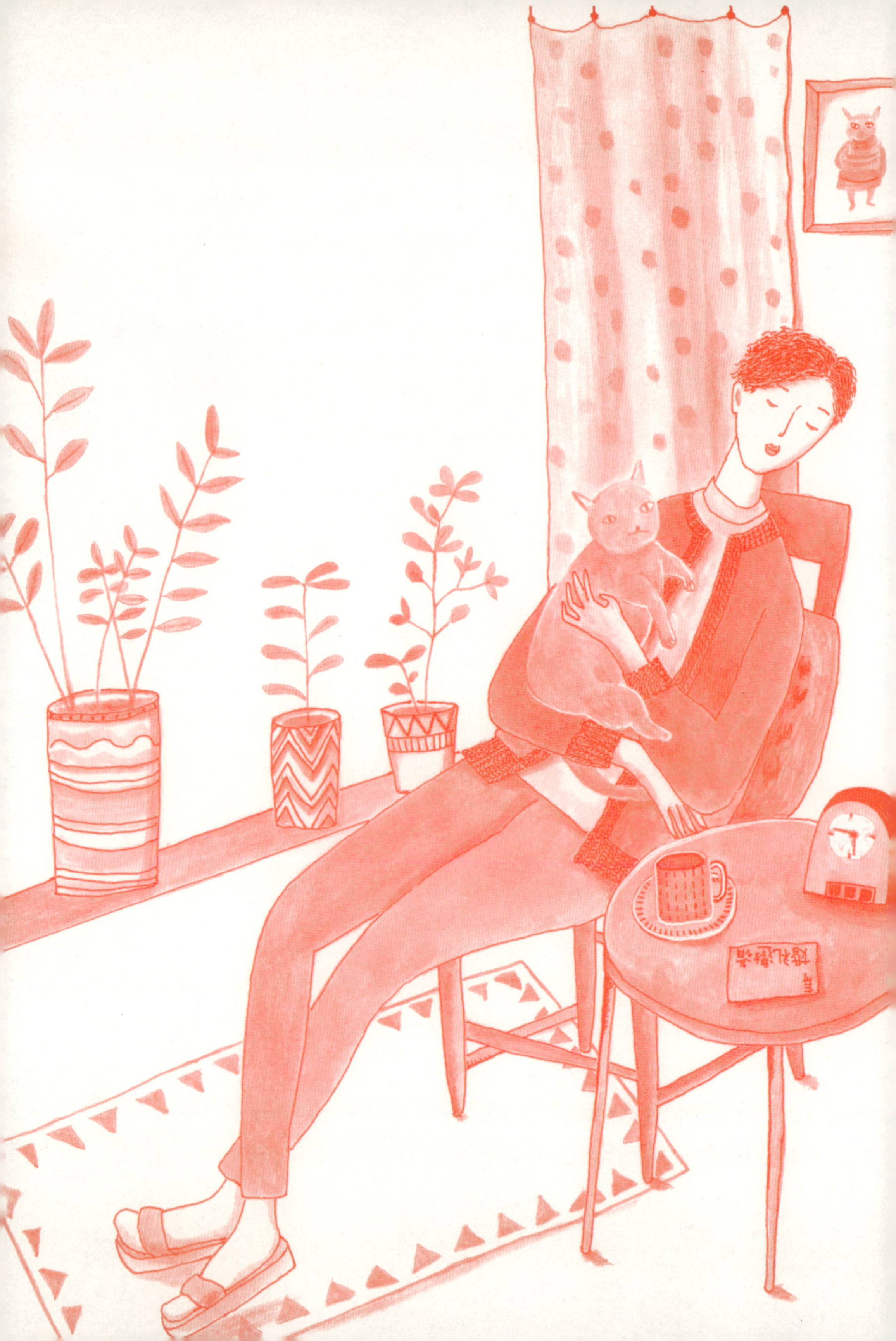

么总是战战兢兢的。偶尔喂它一口智衣子喝剩下来的牛奶，就会用桃红色的舌头吧嗒吧嗒地舔个不停，不认生，总是往你跟前凑。可现在的银，突然变得敏捷起来了，那表情，别说牛奶了，就是一条鱼也能整个吞下去。身上总是伤痕累累，目光也变得尖锐起来了。确实像是成为了一个头领。

（是这样啊，一成为头领，就要结婚啊……）

我伸了一个懒腰，回答道：

"知道了。"

银匆忙行了一个礼，就回去了。

3月23日，不巧是一个雨天。

究竟受到了什么低气压的影响呢？从早上起，就下起了倾盆大雨，到了黄昏，还刮起了风。

哪一天不好，偏偏这样的日子举行婚礼……我一想起那天银的表情，不觉有点可怜起它来了。

银可怜，被邀请的客人更可怜。再怎么说也就是隔壁的空地，可说心里话，这样的晚上真是懒得外出，去还是不去呢？我正犹豫，电话的铃声响了。

"喂喂，我是银。"

刚一摘下话筒，就听到了银那急切的声音。我还没回话，银已经一口气说了下去：

"不巧碰上了这样一个坏天气。不过，婚宴还照旧举行，请不要来晚了。客人已经陆陆续续集中了。穿平常穿的衣服就行，请立刻就来。"

"……"

智衣子正蹲在我的脚上。最近这段日子,智衣子无精打采的,几乎都不出门,也没有什么食欲。我放下电话,对智衣子说:

"喂,智衣子,我出去一趟。是银的婚礼啊。我很快就会回来,要是回来晚了,你就先睡。"

智衣子的嘴巴稍稍张开了一点,轻轻地回应了一声,我找了一把伞,要出门了。我的衣服也太平常了,毛衣,一条皱皱巴巴的裤子,而且还穿着木屐,伞吧,还断了一根伞骨。

到了外面,撑起那把伞,雨点啪嗒啪嗒地打在上面,发出猛烈的声响。真是一个糟糕透顶的日子。可是,我出了家门,朝相邻的那片空地还没走几步,背后突然有谁说道:

"这个鬼天气!"

我吓了一跳。回头一看,一团小小的黑影子"嗖"地一下,超过了我。

仔细一瞧,是猫。

黑猫戴着一顶黑色的雨帽,正一溜烟地向相邻的空地跑去。我呆住了,这时背后又传来了一个声音:

"不巧碰上这样一个坏天气,对不起,先走了。"

回头一看,这回是三只结伴而行的白猫超过了我。三只白猫也都戴着雨帽。眼下,猫里头也流行戴这玩意呢,我正想着,一只接一只戴着雨帽的猫,从我后头撵了过去。

"对不起,先走了。"

"对不起,先走了。"

"对不起,先走了。"

有白猫，也有斑点猫。有大的，有小的，还有中不溜秋的。不愧为头领的婚礼，邀请了这么多的客人……

我算是服了。

停车场里亮着一盏街灯。被它那圆圆的灯光一照，唯有这一片，如注的雨丝看得清清楚楚。然而，这块空地上，到底哪里有通往地下的楼梯呢——

我正不知所措，一个声音响了起来：

"这边哟！"

圆圆的灯光下，出现了一只也戴着雨帽的淡咖啡色的猫。

"请、请，这边。"

淡咖啡色的猫像是专门来为我带路的，在我前头，飞快地走了起来。我跟在那个闪闪发亮的雨帽后头，追了上去。猫在一辆蒙着苫布的汽车尾部一闪，不见了。追过去一看，车的影子里，突然出现了一个窨井大小的洞，里面有一段通向地下的楼梯。

洞下面透出一线橘黄色的光。蹲下来一听，竟听到了一阵庄严的风琴的乐曲声。

"请、请，这边。"

照淡咖啡色的猫说的，我在这里合起了伞，开始下楼梯。楼梯又窄又陡，水淋淋的都湿透了。

恰好在下了二十级楼梯的地方，有一个不小的厅。橘黄色的光，是大厅的墙壁和天花板上亮着的灯发出的。

"这里是休息室。客人们已经都到宴会厅去了。"

淡咖啡色的猫一边摘下自己的雨帽，挂到墙上的帽子架上，一边这样说。我注意到，那面墙上是长长的一列雨帽，数都数不过来。

083

"这太让人吃惊了。会有这么多的客人！"

我把自己的那把伞，挂到了最边上的帽子架上，跟在淡咖啡色的猫后头，匆匆地向隔壁的宴会厅走去。

宴会厅的门，"啪"的一声，自动从里面打开了。一定是被从洞上面灌进来的风吹开的吧！

这个房间虽然不算太大，但上头悬着枝形吊灯，三排桌子边上端端正正地坐满了猫。

"这边、这边。"

带路的淡咖啡色的猫，把我带到了右边的座位上。这是最边上的一个座位了，我想，这算是最后一个位子了吧？这时，房间里的猫们一起"啪啪"地拍起手来。

"新郎新娘入场！"

正面的门，唰地一下向两边打开了。我坐了下来，慌忙拍起手来。银这小子，娶了一个什么样的新娘子呢？我定睛看去。

踩着巴赫风琴曲的节拍，庄严地走进房间里来的银，穿着黑色的衣服，系着银色的领带。胡须也剪得整整齐齐，毛闪着光泽，更没有什么眼屎，简直就让人认不出来了。我用力地拍起手来。可是，当穿着白色婚纱的新娘子低着头，静静地在银的后面走进来的时候，我只看了一眼，两只手顿时就僵在了那里。

头上插着一朵朵白色的珍珠花、拖着长长的花边走进来的新娘子，千真万确，就是我的智衣子。

我的眼睛没有看错。不管怎么化装，离开多么远，我一眼就能分辨出自己的猫来。因为智衣子的眼睛是绿宝石一样的绿，毛是天鹅绒一样的白。

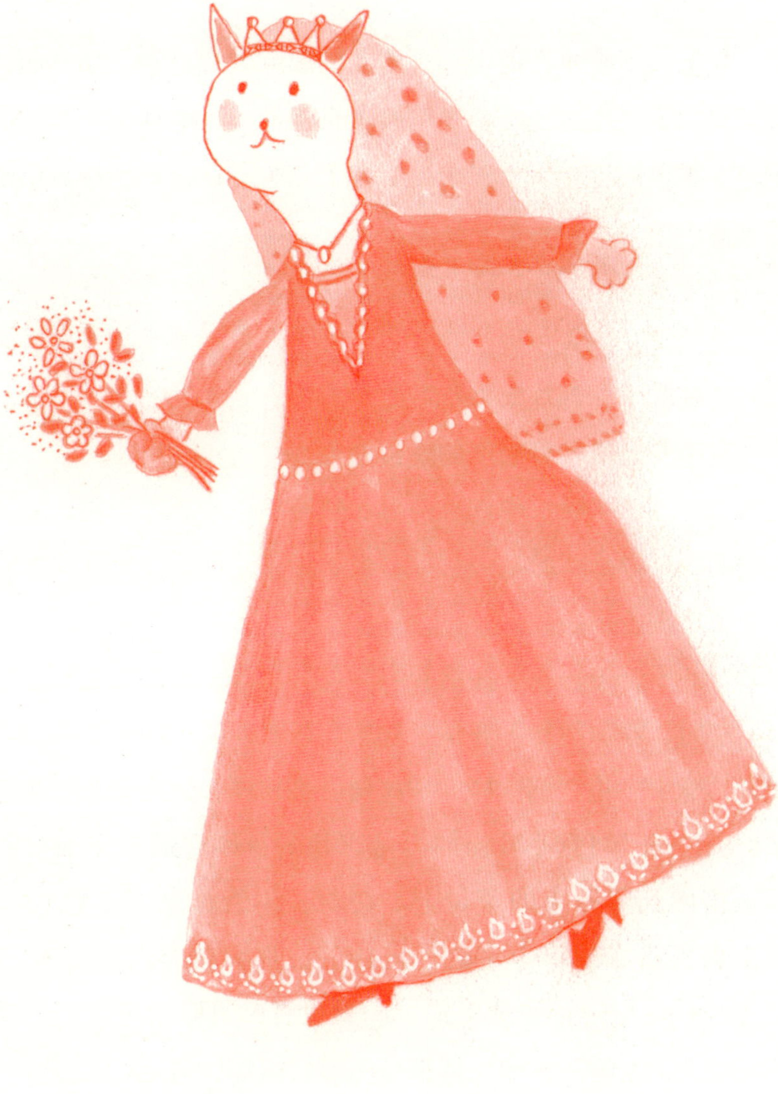

我连呼吸都忘记了。

发生了这样的事，可如何是好呢……一定是理应待在家里的智衣子，抢先一步赶到了这里……

（啊啊！）

我想起了刚才在雨中超过了我的那一大群猫来。那里面，确实是有几只白猫。这么说，临出门时银打来的那个电话……所谓的如果你不来，事情就进行不下去了，实际上是为了让智衣子快点出来的行动计划啊……

"智衣子！"

我站起来，大声地叫着。

"智衣子，到这里来！"

我迈开大步朝智衣子的座位冲去。

"你被骗了呀。你这么一只血统纯正、有教养的猫，和这样的野猫之类……"

我怒视着银说：

"好了，把智衣子还给我哟！"

这时，身边的猫一齐站了起来。接着，就迅速地朝我的身边聚拢过来，嘴里一边"别这样、别这样、别这样"地叫着，一边把我往原来的座位推。可别小看猫的力量。我的身体被猫按住了，眼看着，就被推回到了原来的座位上。接着，不管你愿意不愿意，最后到底坐到了最后的那个座位上。接着，那只带路的淡咖啡色的猫，以及一只动作慢吞吞的黑猫、一只只有一只眼的斑点猫，都凑到了我的边上，七嘴八舌地压低声音叫道：镇定、镇定、镇定。

"爸爸，请镇定一些。"

黑猫在我边上清清楚楚地这样叫道。

"爸爸？"

"是的。你是新娘子的爸爸。你的心情我们都明白，可是现在，请祝福新娘子！"

一边这样说，黑猫一边硬是逼着我拿起杯子，无精打采地倒了一杯红酒。

我这才发现，所有的猫的右手都拿起倒了红酒的杯子，摆出了干杯的架势。连智衣子也一只手拿着杯子，和边上的银幸福地对视着……我瘫在了那里。我清清楚楚地知道我输了，我是彻底被出卖了。

干完杯，两三只猫讲了话。内容无非是智衣子是一只多么美丽的猫，银是一只多么强壮的猫。我不想听这种话，头扭向一边，盯着杯子里的红酒。

演讲结束，菜端了上来。

一大盘接一大盘地端了上来，摆到了桌子上。我本以为猫的菜不过是生的鱼罢了，哪知我却大错特错了。生的鱼，只有比目鱼、鲷的生鱼片各一样，余下的，则是红烧猪肉、香肠、虾、螃蟹什么的，还有连见都没有见过的贝类的菜，排成了长长一列，色拉和冰淇淋更是任你随便吃。野猫可真是了不得，我想。这豪华的菜肴也好，秘密的宴会厅也好，也许在遇到危急情况的时候，杂种的猫比有教养的猫更有办法。端到我眼前的这道"佛罗伦萨风味的奶汁烤干酪烙比目鱼"，味道真是不错，比我以前参加朋友的婚礼时吃的菜不知要好吃多少了。

我的心情不知不觉地平静下来了。我东一盘子、西一盘子狼吞虎咽地吃着，猛地朝正面看了一眼，只见智衣子在新郎边上，低着头，贝类炒饭吃得满桌子都是。看着这情景，我知道已经没有办法了。

（随它去吧！）

我喝了好多的酒。然后，听猫们唱起歌，看猫们跳起舞来了。有猫的华尔兹，有猫的领唱和猫的混声合唱，随后是魔术。

不过，这魔术却让我吃了一惊。

黑猫从一个缎面礼帽里，掏出一个又一个的东西，可这些东西，不论哪一个，都让我觉得眼熟，全是智衣子的所有物。比如，在走廊里玩的球、吃饭时用的红色的碗、喜欢的小毯子、刷毛时用的刷子……魔术师把从帽子里掏出来的这些东西，都漂漂亮亮地装到了一个白色的小旅行手提箱里之后，说：

"好啦，新娘子的嫁妆准备好了！"

这小偷猫！究竟是什么时候从别人家里把这些东西偷出来的……我坐立不安地把头转向了一边。这时，我突然可怜起智衣子来了。拎着那样一个箱子，究竟去什么地方呢……

是啊，至少这个我要问一问吧，我站了起来。

"那么，从现在起你们打算怎样呢？"

我大声问银。

"究竟打算怎样生活呢？你总不会让智衣子去小胡同里翻垃圾吧？"

银老实地点了点头：

"真是让您担心了。从今天起，我们俩就要出远门了。我们要去遥远的大海边上的一个猫村。"

突然爆发出了拍手声。说不出为什么，其他的猫像是全都知道银和智衣子今后的安身之计似的。可尽管如此，我却从来没有听说过海

边有一个什么猫村。我想,不是又要骗人吧?这时,银又一本正经地点了点头:

"您或许不知道,北方的大海边上有一个猫村。那里住着许多猫,过着自己织网、自己捕鱼的生活。不靠人的残羹剩饭,而是靠自己的力量生活。有猫的公司、猫的工厂和猫的商店。我们俩都想搬到这样的地方去住。"

我点点头。这样一说,我就放心了。我本以为智衣子和野猫结了婚,会是一副脏兮兮的样子,在那里转来转去,让人难受,看都看不下去。

不知是因为放心了,还是因为酒喝多了,我困得不行。

头昏昏沉沉的,天花板上的枝形吊灯成了彩虹。

可是,那枝形吊灯突然摇晃起来。哎,我正奇怪,桌子上的杯子打翻了,红色的酒洒了出来。然后,从上头传来了"轰轰"的如同地鸣一般的声音,四下里陷入了一片黑暗。

"停电了!"

有谁叫了起来。这下立刻就乱了套。

"地震了!"

"不,是打雷!"

"不管怎么说,危险!"

"快逃!"

猫们在黑暗中向楼梯口冲去。这么一来,场面就完全失控了,我不知道出了什么事,不管三七二十一,也朝出口跑去。

"别推!"

"别推!"

猫们谁也顾不上雨帽了，一只也不剩，全都冲上了楼梯。我也连伞都忘了，惊慌失措地逃到了地面上。

外面还是倾盆大雨。

猫们全都散掉了，消失在了雨中。

就在这时，唰地一下，划过一道闪电，四下里一下子被照得像白天一样亮。在那闪光中，我瞥见了银和智衣子。

我确实看到戴着白色的面纱、拎着白色的旅行提箱的智衣子，和银牵着手，朝大路那边跑去了。在黑暗中一闪而过的智衣子的身影，就宛如一朵百合花。

我被淋成了一只落汤鸡，总算是回到了自己的家里。然而一到大门口，就有气无力地瘫坐到了地上。

我的确是酒喝多了。

第二天早上一醒过来，我就唤道：

"智衣子！"

然而，这声音在空无一人的屋子里徒劳地回响着。老房子里，已经没有智衣子的动静了。

二十多天过去了。

我收到了一张明信片。

怪了，只是用字母写成的字，写着这样的话：

上次给您添麻烦了。

我们总算是在猫村开始了平安的生活。过几天，给您寄沙丁鱼鱼干。您也快点娶一个新娘子吧！

智衣子

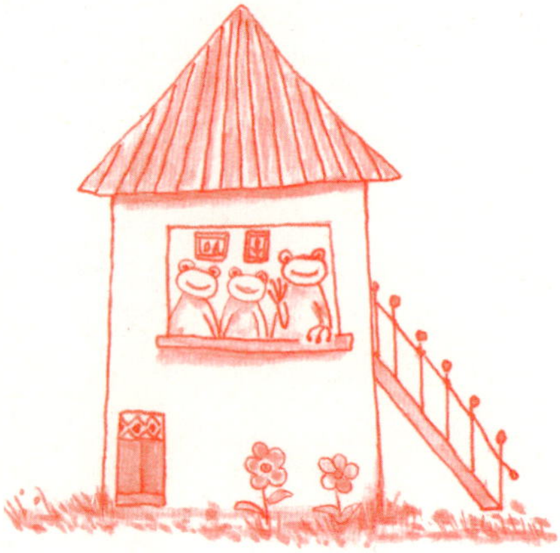

秘密发电站

当我走到山顶的那条路上的时候,天已经黑了,找不着回家的路了,就在这时,四下里的百合花一齐亮了起来。
……
我大吃一惊,呆呆地站住了。
我想,这肯定是狐狸的恶作剧!

前些天，翻过山顶的那条路的时候，吓了一跳。

那里竟有个秘密发电站。

你要问我是怎么知道的呢？因为当我走到山顶的那条路上的时候，天已经黑了，找不着回家的路了，就在这时，四下里的百合花一齐亮了起来。不，不是一齐，应该说是纷纷亮了起来吧！就像打开日光灯的开关，啪、啪、啪，亮了灭了几下子之后，最后晃得让人睁不开眼睛一般地亮了起来，就和那一样。不论是哪一朵百合花，一开始，都是亮了又灭了的，状况不是很好，过了一会儿，闪完了，不知不觉中，一朵也不落，静静地发出了白色刺眼的光芒。

就仿佛是节日的晚上。

我大吃一惊，呆呆地站住了。我想，这肯定是狐狸的恶作剧！我怕了，加快脚步往前赶去。

那时候，我送完人家急着要的做好的衣服回来，多少揣着一点钱。我本想用这钱，给等在家里的小孩子们买点糖回去，可是不巧，邻村的"甜咸堂"偏偏今天休息。

"娘，礼物呢？"

"糖呢？金米糖呢？"

一边这样嚷着，一边跑过来的两个孩子的面孔，浮现在了我的眼前，可那家店休息，让我有什么办法。我一边在被百合花照亮的路上快步走着，一边想，要不今天夜里给她们做个小布袋玩吧？

"喂喂，大妈。"

有谁招呼道。那声音，让人听上去就感觉是草丛里的一个破喇叭突然响了起来似的，我吓得差一点蹦了起来，真是太可怕了。这么晚了，究竟是谁躲在草丛里呢？我紧紧地闭上了嘴，装作没听见的样子，走了过去。于是，同样的声音又响了起来：

"大妈，请等一下。"

我想跑，那个声音清清楚楚地这样说道：

"特意为你点灯照路，可连我的话也不要听，你真是一个薄情的人啊！"

话都说到这个份儿上了，再也装不下去了。

我默默地止住了脚步。

草丛"唰唰"一阵晃动，天哦，从我脚底下跳出来的竟是一只大青蛙。在百合花那微白的光的映照下，青蛙的后背闪闪发亮。是一只淡绿色的、漂亮得罕见的青蛙。我蹲下身子，仔细地瞅着它的后背，说：

"青蛙也会这样学别人的样子呢！"

青蛙像是有点生气了，问：

"这样学别人的样子？学什么样子？"

我觉得实在是太可笑了，说：

"给百合花通上电，不是像狐狸一样吗？"

听了这话，青蛙是真的生气了。

"把我和狐狸干的事混为一谈，我可受不了。狐狸干的是无中生有的骗人的把戏，而我们的工作可没有一点是假的！"

"你说没有一点是假的，是什么意思？"

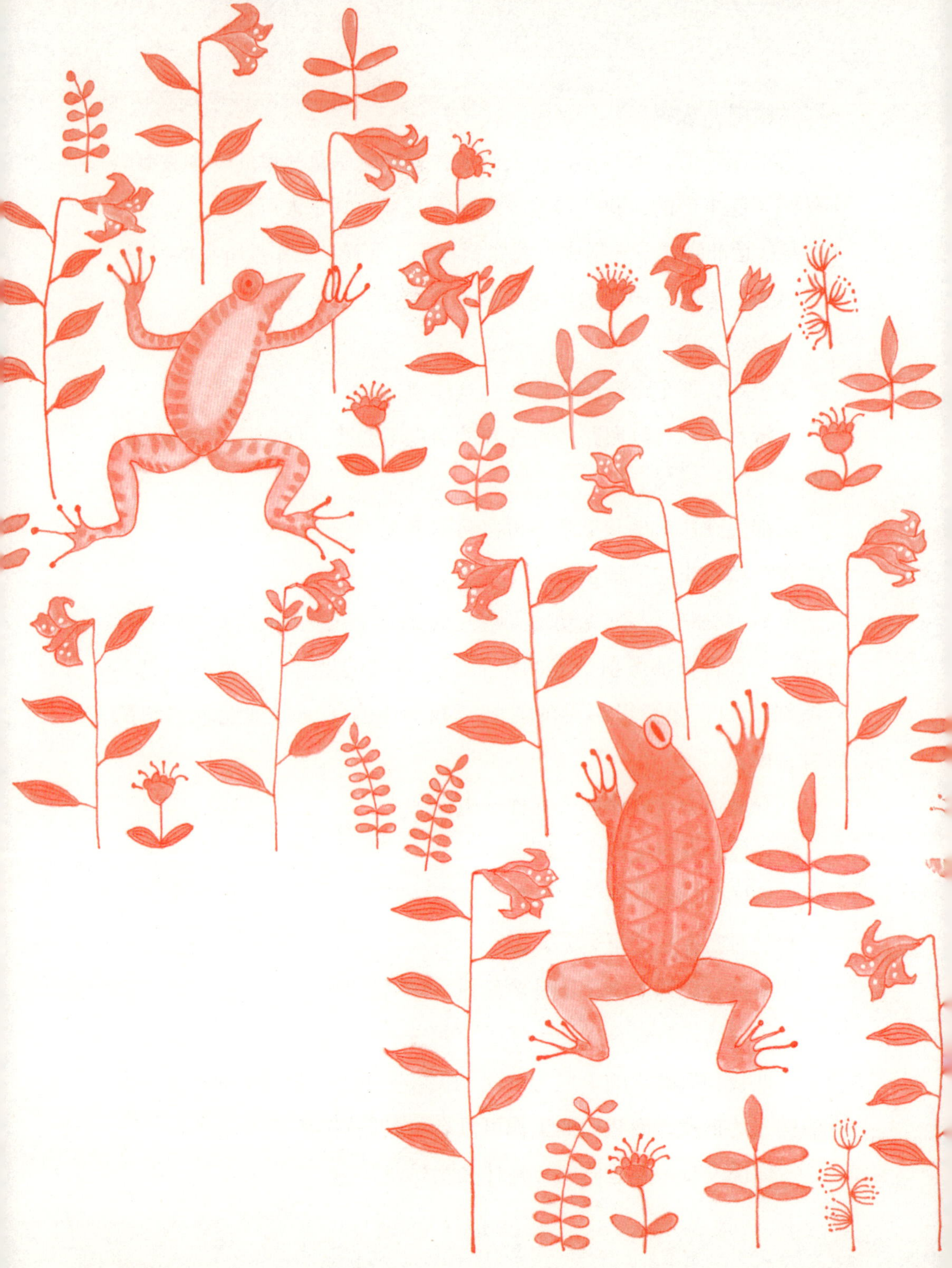

"就是说，给百合花通的电，是从真正的水力发电站送来的真正的电！这和那种瞎念几句咒语、迷惑人一下抬腿就逃的勾当，压根儿就不是一回事。"

青蛙的喉咙一鼓一鼓的，起劲儿地说着。我嗯嗯地点头，问道，这发电站到底在什么地方呢？于是，青蛙就爽快地说：

"我带你去吧。发电站就在那边。"

说完，就蹦蹦跳跳地在我前面跳开了。

没办法，我只好跟在它的后面走去。

青蛙笔直地跳了一会儿，到了一个岔路口。

"这边！"

一边说一边往右边拐去。然后又走了一会儿，到了一个三岔路口。

"这边！"

这回向左边拐了过去。

然后，从那个窄窄的缓坡一直往下面走去。我听了一下，听到了流水的声音。是往山谷里下哪，我想。连这条窄窄的坡道上，也东一朵西一朵地开着百合花，每一朵百合花都通着电。我一边走，一边问青蛙：

"电是怎么送到百合花那里的呢？没有电线杆，也没有电线。"

青蛙清清楚楚地回答说：

"线在地下。"

"……"

"就是说，我们想方设法把从发电站送来的电，通过地下，接到了百合的根上。这是我们发电站最骄傲的装置了！对了，我就是发电站的站长。"

青蛙用力说出了最后一句话。然后，像是彻底充满了自信的样子，轻轻地一下子跳了出去，说：

"看啊，就是那里哟！"

我这才在草那边看到了一闪一闪的灯光。

"这边！"

青蛙在山白竹那里拐了个弯。

那里有条湍急的河，河的边上，有座非常小的木头房子。那是用细细的树枝搭建起来的房子，大小呢，差不多有半张榻榻米大，高呢，和我的膝头差不多高。从那座小房子的窗户里，透出温暖的橘黄色的灯光，我突然变得快乐起来。我知道，从那灯光里，漾出来的将是青蛙们的笑声和饭菜的香味。

"那座房子，就是发电站。我们一家也住在发电站里。"

噢，是吗？我连连点头。青蛙接着说道：

"就是说，我虽然是发电站的站长，可发电站的工作只有我一个人干。而且，还要给这一带的青蛙家里送电，把花点亮。"

"这可够呛。一个人想必是忙得团团转吧？"

"不不，没什么，我们这个发电站的设备特别好。你看，那里有一架水车吧？"

这么一说，我移过目光，只见湍急的水流变得稍稍有点和缓的地方，有一架水车正在旋转。

"那是最新式的水车啊。我绞尽脑汁才做出来没有几天。是一架转得非常好的好水车。和水车紧紧连在一起的，是发电机。发电机的周波数是500赫兹，电压是3000伏特。"

青蛙正得意地解释着，发电站的门开了，青蛙太太的脸探了出来：

"哎哟哎哟，客人已经来了，我们一直在等您哪！"

脖子上系着黄围巾的青蛙太太，用一种不自然的客气声音说道。

我吃了一惊。我们一直在等您哪……这么说，所发生的这一切，不是偶然的了。青蛙们从一开始就计划好把我引到这里来了……

我这么一想，发电站站长说：

"啊啊，我想说请您到我们家里来，可无奈我们的房子太小了，夫人实在是进不去。没法子，就请坐到那边的荠菜上面吧！"

这么一说，我就在河边的草地上坐下了，我有点吃惊。青蛙从什么时候开始竟叫我夫人了呢？刚才还叫我大妈的。

"有什么事求我吗？"

我先开口问道。于是，青蛙夫妇一起点了点头，齐声说：

"是，其实我们是想求夫人缝点东西。"

啊，是针线活儿啊，我稍稍松了一口气。要论针线活儿，那可是我的拿手好戏。村子里的人出门穿的衣服，基本上都被我包了下来，也有远远的城镇上的姑娘们来求我缝新娘子衣裳的。也许就是在我翻过山顶，把缝好的衣服送到邻村的时候，在什么地方被这只青蛙看见了。

可青蛙想要缝什么东西呢……见我一脸的惊讶，青蛙太太怯生生地说：

"其实……是想求您缝一套被褥……"

接着，青蛙丈夫说道：

"我们有一个下个月要出嫁的女儿。嫁妆大致上都备齐了，只剩下被褥还没有做好。布料和棉花倒是备齐了，可就是不知道怎么做。加上青蛙特别不擅长针线活儿……针就不会一条直线往前走。"

我一边嗯嗯地点头，一边想：一套小被褥太容易了。

"那么好吧，我现在就抓紧时间来缝，把布料什么的拿过来吧。不过，我今天没带针线箱呀！"

我这么一说，青蛙太太点点头：

"啊，用女儿的针线箱吧。"

一边说，一边往屋子里走去。

我注意到我的四周要比方才明亮多了。发电站站长想得可真周到，大概是又给新的百合花通上电了吧！河水波光粼粼，如同月夜一般。

很快，青蛙太太就领着女儿从屋子里出来了。青蛙女儿也是绿色的，遗传自父亲的那对圆眼睛炯炯放光。女儿用一种意想不到的温柔

的声音说了起来：

"请用这针箱。

"请用这布料。

"请用这棉花。"

我一看堆到我面前的那些东西，不由得大吃一惊。针箱也好，布料也好，棉花也好，一种种虽然那么小，却和人用的东西一样。不，比人用的东西不知要出色多少啦。

棉花又轻又白，针箱是精致的木块拼花工艺品，而布料则是漂亮的绉绸。那绉绸美丽得让我瞠目结舌，沉沉的，摸上去，是一种真正的绸子的手感，至于图案，蓝色的底子上衬着一面的八重樱。我在膝头上把它打开了，啊，那色彩华丽得真是让人出神。

"这么好的布料，做被褥不是有点可惜了吗？"

我叫了起来。边上的青蛙太太干脆地说：

"没有的事。嫁妆要是准备不好，是发电站的耻辱。"

呵，是吗？我点点头，默默地开始干了起来。三只青蛙凑到了我的边上，热心地看着我飞针走线。我把布料剪成褥子大小，缝成袋子，把棉花塞到里头，弄平了，再缝上。一条褥子做好了，青蛙一家高兴得欢蹦乱跳。接着，我又缝了被子和小枕头。就这样，做完了这套古装偶人的道具似的被褥，布料只剩下一块手绢大小了。

青蛙太太说：

"谢谢啦，这下女儿什么时候都可以出嫁了。作为谢礼，请喝一杯茶吧。还有刚出锅的水晶糕。就着黄豆面和熬的红糖浆吃，怎么样？"

"不了，我还急着回去，茶留着下回再喝吧！你看能不能……"

我大着胆子说：

"这块剩下的布头能给我吗？"

我紧紧地搂住了这块桃红色的布头。那是在春天的蓝天下怒放的八重樱的花瓣啊！这样漂亮的绉绸，迄今为止，我连一次也没有见到过。这是种让人觉得是什么地方的城堡里的什么公主穿的布啊！

青蛙太太愉快地点点头：

"行啊行啊。那样的东西，你要是喜欢就拿去吧！"

我把布头叠得小小的，收到了手提袋里，站了起来。

青蛙发电站站长、太太和女儿排成一列，为我送行。

"回家路上小心一点。百合花电灯还会开上一会儿，脚下请多加小心。"

我回到了来的那条路上。

多亏了百合花电灯，我认出了回家的路。我一点都没有迷路，回到了自己的村子、自己的家。然后，一开门，就传来了这样的声音：

"娘，礼物呢？"

"金米糖呢？"

两个小女儿就跳了出来。

"唔唔，金米糖呀……"

我有点犯愁似的笑了笑，然后说：

"今天甜咸堂休息，糖果礼物没有买成呀！不过，作为替代……"

我从手提袋里把那块布头抽了出来。

"瞧呀，我用它，给你们做小布袋吧！"

八重樱的桃红色蓦地一下在眼前展开了，女儿们像是吃了一惊。眼睛瞪得圆圆的，嘴上叫着"太漂亮了、太漂亮了"，已经啪嗒啪嗒地跑进厨房，去找往小布袋里装的小豆了。

这天夜里，我用这块八重樱的料子，做了四个小布袋。我一边两个两个分给女儿，一边说：

"可要爱惜点哟，这么漂亮的小布袋可是很稀罕的。"

然而，青蛙发电站的事，我对谁也没说。我想一个人悄悄地藏在心底。一闭上眼睛，那百合花的灯，就会一下子浮现出来。我似乎还听得见发电站那小水车的声音。

女儿们把小布袋抛得老高，玩开了。当它们落下来的一刹那，我就觉得仿佛是八重樱飘飘洒洒地落了下来。

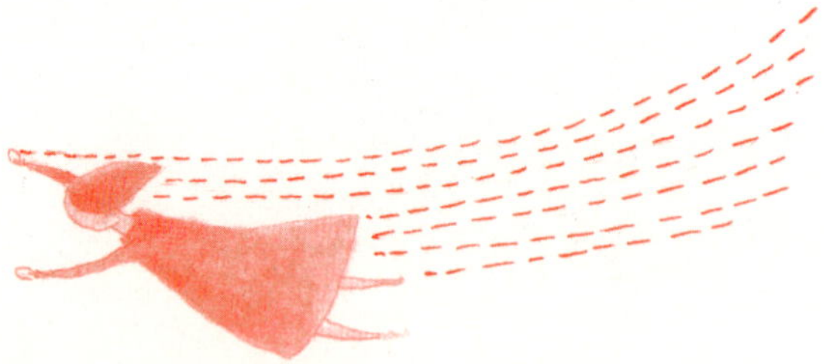

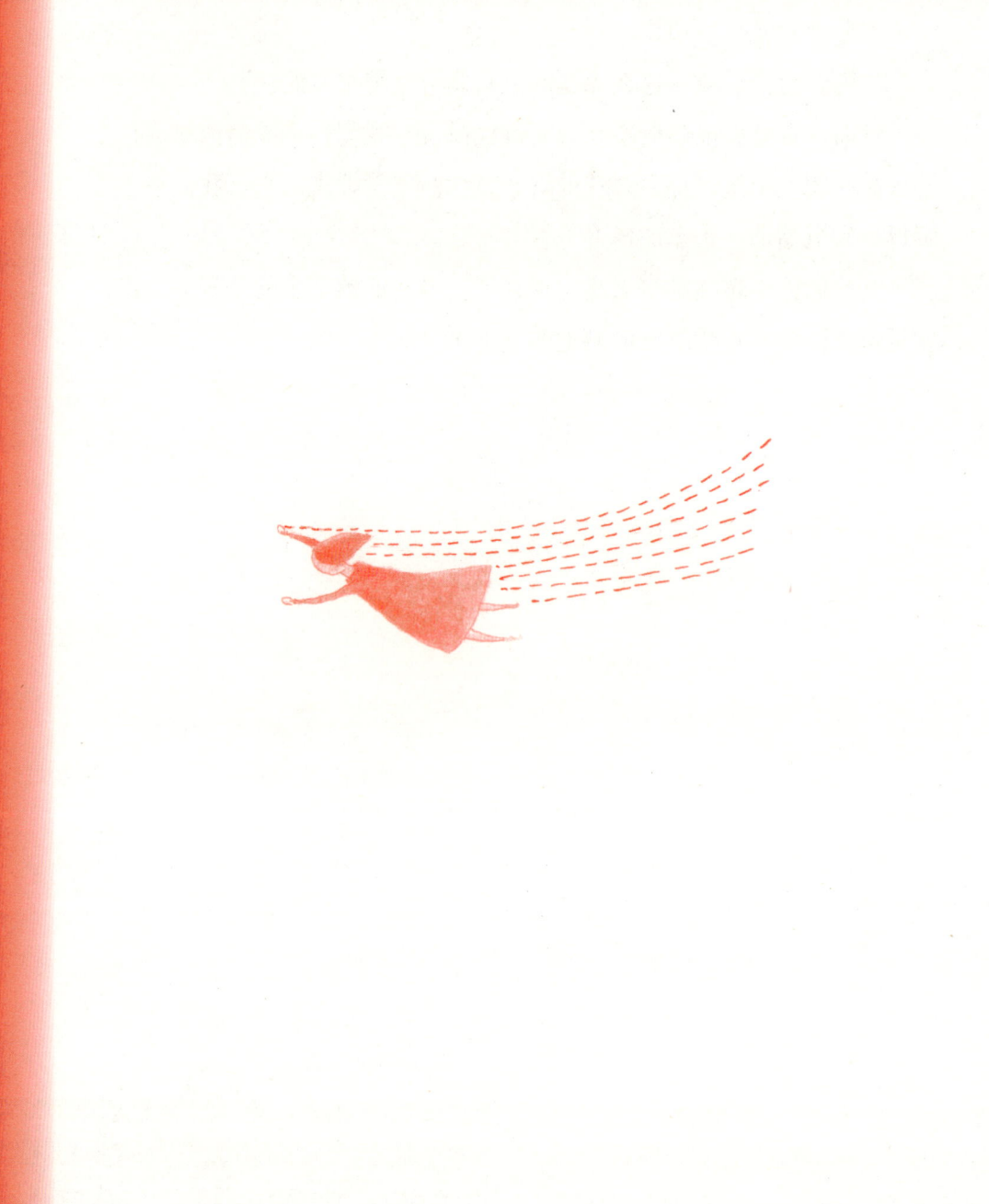

原野尽头的国度

丝瓜是丝瓜,这可不是一般的丝瓜啊!
这是只有我才有的、特殊的丝瓜。
是实现年轻女孩子梦想的秘密的药。
把它种在院子里,好好养养看。
这个夏天,
你的身上肯定会发生变化的。

有个女孩叫小夜。

她和爸爸妈妈、小妹妹们一起，住在辽阔原野中央的一座简陋的房子里。

大悬铃树下的小房子四周，是一片一眼望不到头的夏季的菜田。小夜的双亲，就从早到晚地弯着腰在田里忙碌。小夜不是帮他们种田，就是照顾小妹妹们，从后院的井里汲水、做饭、烧茶，一天接一天地忙碌着，人晒得黑黝黝的。但是，有一天，她突然厌倦了这样的生活。想去一个远远的地方了，想去过另外一种生活了。

也不能怪小夜，小夜已经出落成一个十八岁的大姑娘了嘛。

尤其是见到那些到城里去打工的同龄的朋友漂亮得简直都认不出来了，撑着白色的遮阳伞回到村里来的时候，小夜的这个念头，就越发强烈了。

小夜总是穿着碎白点花纹布的干活儿的裙裤。脸黑黝黝的，垂髻乱蓬蓬的，因为她连一条扎头发的发带也没有。

不过有一天，一个小贩来到小夜家里，留下了一个不可思议的东西。这个男人，是从老远的城里来的，翻过一座又一座大山，是一个药商，他把各式各样煎服的汤药和膏药往小夜的家里一放，说：

"嗨，这个送给你！"

他把一粒种子搁到了小夜的手上。

"什么？这……是丝瓜吗？"

一边说，小夜一边想，就算是丝瓜，这种子也太大了。小贩点点头，用一双似乎是看得透小夜内心的眼睛扫了她一眼，说出这样一番话来：

"丝瓜是丝瓜，这可不是一般的丝瓜啊！这是只有我才有的、特殊的丝瓜。是实现年轻女孩子梦想的秘密的药。把它种在院子里，好好养养看。这个夏天，你的身上肯定会发生变化的。"

会发生什么变化呢？小夜想。小夜的脑子里，白色的遮阳伞、宽宽的天鹅绒的发带、遥远城里的灯光什么的，一一闪了出来。

这天黄昏，小夜把那粒大大的种子，种到了田边上，浇足了水。

想不到第二天早上，变化就开始了。

昨天晚上才种下去的种子，已经冒出芽来了！

那么鲜嫩的绿芽。

小夜的心情好了起来。

（这么快就发芽了，那蔓儿不马上就要长长了、花不马上就要开了？必须赶快搭一个丝瓜架子。）

于是，当这天黄昏父亲从田里回来的时候，小夜说：

"爸爸，在这里给我搭个丝瓜的架子吧。看，我种了这么大一个好丝瓜。"

可父亲叹了口气，摇摇头：

"你看我有空闲儿搭那玩意儿吗？再说，丝瓜连一分钱也换不来。"

丢下这么一句，就拖着沉重的步伐，进到屋子里去了。

小夜的丝瓜，长得飞快。每下一场雨，就会发出哗哗的声音往前长似的。丝瓜的蔓儿，向着东边长去。因为没有架子，就趴在地面上一个劲儿地往前疯长。幸运的是，小夜家的东面还不是田，是一片没有尽头的长满了茫茫野草的原野,所以丝瓜再怎么长,也不会给别人添麻烦。

小夜开心极了。

早上,眼睛一睁开,就先汲水,一边往丝瓜的根上浇,一边招呼道:

"丝瓜呀,今天长了多长啊?"

于是,丝瓜一边让夏天早上的风吹动着它那大大的绿叶子,一边回答道:

"今天向东长了三尺。"

小夜这个开心啊,像个小孩子一样欢蹦乱跳起来。

丝瓜的蔓儿,像是每个晚上真的长三尺。每天早上,小夜睁开眼睛,朝井边走去的时候,总觉得那蔓儿的尖儿,正在远去,在远远的茅草丛、狗尾巴草的波浪里,唱着不可思议的歌似的。

"丝瓜呀,到底要去什么地方啊?"

小夜每天早上,都用两手拢住嘴,冲着远远的丝瓜的蔓儿招呼道。

没几天,黄花开了。

那花愈开愈多。

可小夜却更加惦记起丝瓜来了。汲水的时候也好,洗衣服的时候也好,看着妹妹们的时候也好,小夜满脑子全是丝瓜的事。那丝瓜的蔓儿,到底长到什么地方了呢?现在,小夜已经不知道了。小夜觉得在家东边那片一眼望不到头的原野尽头,丝瓜的蔓儿仿佛还在发出咝咝的声音。

一天傍晚,小夜悄悄地把耳朵贴到了丝瓜的根上。

于是,不可思议的声音传了上来。

那是音乐和歌声,脚步声和笑声。许许多多的人聚集在一起大声说笑的声音，传过来，已经变得又低又轻了。

那是城里的吵嚷声吧，小夜想。小夜闭上眼睛思考开了，说不定，这丝瓜的蔓儿也许已经够到了城里吧？也许已经一条直线地伸到了如果不坐火车或马车走是肯定走不到的遥远的城里了吧……

小夜的心里一下子充满了憧憬。胸口扑通扑通地跳个不停，脸蛋发热，身上说不出什么地方直发痒。

"去看一看！"

只说了这么一句，小夜就已经对着自己家那敞开的大门跑了起来。她想都没有去想什么后果，就发疯一般地跑了起来。包头发的白布手巾，轻轻地落到了草地上。长长的头发在风中飘舞着，小夜跑得飞快。

黄昏的草丛中，丝瓜的花是一种让人感到温暖的黄色，就宛如一列点燃着的灯。小夜沿着那花，不知跑了有多远。

奇怪的是，小夜那时不管怎么跑，就是不累。而且不管怎么跑，四下里永远是黄昏。天空也好，原野也好，是一片烟一样的淡紫色。

这样不停地跑了有多远呢？小夜发现，丝瓜的花不知不觉中竟全都枯萎了，小夜大吃一惊。

（丝瓜的花已经枯萎了。才开就枯萎了。）

好不容易才不跑了，小夜呼哧呼哧地喘着粗气。然后，猛地一下仰起脸，看到了前方那巨大的黄色的亮光。

给人的感觉，就好像刚才那些枯萎的丝瓜花全都集中到了那里，一起开放似的。她听到了不可思议的音乐和许许多多的人的吵嚷声。小夜想，那里究竟是一个什么地方呢？那不是小夜听说过的一个城市。既没有火车的轨道，也没有车站，没有房子，没有商店。不过，有一个大的跳舞的广场，它周围搭起了好几个帐篷。帐篷全都是八角形的，

109

闪着光。

小夜用两手擦了一把脸上的汗。这时，昏暗中响起了人的声音：

"姑娘，到井边去洗一下身子吧！"

沙哑的老人的声音。小夜猛地怔了一下，凝目一看，就在边上有一眼老井。它上面坐着一个奇妙的人。那人用皱皱巴巴的黄色的布缠住了身子。皮肤是茶色的，布满了皱纹，看上去，似乎是一位有相当年岁的老婆子了。小夜往后退了两三步，然后想说点什么，声音却卡在了喉咙里，说不出来了。这时，老婆子指着跳舞场的灯光，问：

"你也想去那里吧？"

小夜轻轻地点头。

"你想到那里和大伙儿一起跳舞吗？"

被这么一问，小夜有点犹豫了。小夜的一张脸黑黝黝的，手脚又脏。也没有漂亮的和服和发带。见小夜不吱声，老婆子就说：

"那样的话，我告诉你一个好主意吧。你把那边的丝瓜果实在井水里泡一泡，等它稍稍干了以后，就成了一个好丝瓜巾了。用它洗一洗身子。那么一来，你的身子就变得非常干净了。"

小夜吃了一惊。

丝瓜的果实？

眼睛突然往下一看，怎么样？小夜脚下枯萎了的花的边上，"咕咚"一声，躺下来一个大丝瓜。

"什么时候结出了这样的果实呢……"

小夜轻声嘀咕道。老婆子的喉咙里发出了"咯咯"的笑声，说：

"那不是一般的丝瓜啊！"

可不是嘛，是叫人有点害怕的早熟丝瓜啊！老婆子一边让缠住身

子的黄布在风中舞动,一边说:

"哈,从现在起,快乐的事情开始了呀!"

见小夜还愣在那里发呆,老婆子就从井边跳了下来。然后,就毫不犹豫地走到了小夜的身边,把两只手伸了过来。

"看哟,给你好东西!"

伸过来的右手上,攥着一把旧剪刀。左手上,攥着一个玻璃瓶。

"用这把剪刀,去把丝瓜的果实剪下来,泡在井水里。接下来,我来唱歌给它听。听了我的歌,丝瓜的果实就会在水里一点点地枯萎、干掉,皮和肉就会溶化。然后,一眨眼的工夫,就变成一条上好的丝瓜巾了。而趁着这段时间,你去剪丝瓜的茎,把切口放到这个瓶子里,收集丝瓜的水。"

"……"

小夜呆住了,呆在那里说不出话来了。这丝瓜的根,在小夜家的田里。从那么老远的根里,怎么能吸得上来丝瓜水呢……见小夜还在那里发傻,老婆子就催开了:

"快点、快点。还磨蹭什么?你忘了这不是一般的丝瓜了吗?"

小夜慌忙照她说的做了起来。用剪刀"嚓"地一下剪下丝瓜的果实,两手把它抱到了井边,扔到水里。然后又回到原来的地方,剪开丝瓜的茎。再把那个切口放到了瓶子里。

小夜一屁股坐到了草上,看着这两件奇妙的事情的进展。

老婆子在井边,嗡嗡地哆嗦起嘴唇来了。那声音,很像是虫子抖动翅膀的声音。可它却有一个怪怪的调子。

小夜一边听着那个声音,一边瞅着瓶子里的丝瓜水。在滴答滴答的声音中,瓶子里不可思议地积起了水。

啊，是多少年以前了，小夜家的田里，也有过丝瓜，从切口里提取了有一升的丝瓜水。小夜的母亲把它分到了好些个小瓶子里，其中的一个，给了小夜。

"小夜，这是很好的化妆水呀。洗完脸，把它好好涂在脸上。那样，你就能变成一个别人都认不出来的美人啦。"

可是，事与愿违。不管涂了多少化妆水，小夜的皮肤还是黑的。回想起那时的事情，小夜暗暗地想，这回的丝瓜水又会怎么样呢？

不知不觉，天已经完全黑了。

只有跳舞场的吵嚷声，格外地响亮；只有跳舞场的灯光，亮得晃眼。八角形的帐篷，就好像是用玻璃制成的，闪闪发光。

"看呀，做好啦。到这边来。一个好丝瓜巾做好啦。"

响起了哗啦哗啦的汲水声，这才发觉，老婆子正招呼小夜哪。小夜站起来，朝吊桶奔了过去。然后，大声地叫了起来：

"好快呀！"

吊桶里，一个刚刚做好的大丝瓜巾白生生地浮在上面。绿色的皮和肉都已经溶化到了水里，只剩下了纤维。

"好了，用它去洗洗身子看！"

老婆子递给她一个细长的大丝瓜巾，小夜在昏暗中接了过来。然后，就在昏暗中脱下和服，搓起身子来。也没有肥皂，只是用湿丝瓜巾喀哧喀哧地不停地把身子搓了个遍。小夜的身子不可思议地光滑起来了！手也好，脚也好，脖子也好，后背也好，像扒掉了一层皮似的，变得滑腻起来了！一边用井水哗哗地冲着身子，小夜已经是心花怒放了。啊，真想快一点冲进那灯光里。沐浴着黄色的光，我也想唱歌跳舞……小夜急急忙忙地穿上了和服，系上了带子。

"丝瓜水已经好了哟。"

背后响起一个声音。回头一看，老婆子右手高高地举着丝瓜水的瓶子。

"来吧，用它往脸上涂涂看！脖子、手也涂涂看！你会变成一个美貌出众的人的。"

小夜接过瓶子，定睛看去。瓶子里的化妆水是一种非常浓的绿色。黏糊糊的，有股淡淡的花的香味。小夜想，和普通的丝瓜水完全不一样呢！往手上倒了一点，啪嗒啪嗒，涂到了脸上，她觉得自己就那样变成了一朵花似的。

"啊啊！变漂亮了！"

老婆子在边上放声尖叫起来。小夜激动的心扑通扑通直跳，可遗憾的是没有镜子。

"好了，去吧。去痛痛快快地玩吧！"

老婆子那满是皱纹的手，在小夜的后背上推了一把。

那么一个骨瘦如柴的人的细手腕，怎么会有这么大的力气呢？被老婆子一推，小夜的身子就像空中的花瓣一样，向跳舞场飞去了。

小夜一下子就被抛到了那片刺眼的让人头晕目眩的光辉中。光辉中，流淌着不可思议的音乐，散发出甜甜的花香。人们一边笑着嚷着，一边跳舞。所有的人都用黄色的布缠住了身体。那滑溜溜的绸缎一样的布，时不时地迸射出金茶色的光。所有的人都是卷发，水汪汪的黑眼睛。一眼看过去，就知道是什么遥远国度的外国人了。小夜记起了许多年前学过的课本，可怎么想，也想不出这些人是什么国家的人。首先，她连这些人说的话都听不懂。

这些人，用一种快得惊人的语速，像手扶拖拉机一样嗡嗡地说着。

然而，当小夜走到近前时，所有的人都笑了起来。许许多多双手伸了过来，送给小夜细细的金手镯、黄色的布和小小的舞鞋。小夜还是头一回一次得到这么多穿的戴的东西，高兴得不行。她想快点缠上那黄色的布，可是不巧的是，四下里连一片能换衣裳的树荫也没有。只是悄悄地戴了一下手镯，然后小夜就穿着碎白点的和服，呆呆地伫立在那里。把眼睛眯成了一条缝，人群看上去就宛如黄色的烟。花的气味愈来愈甜了，突然，脑袋像是要疼起来了。小夜觉得自己仿佛正在被吸进一个魔幻世界的漩涡之中，她害怕起来。

这时，有谁啪地拍了她的肩一下。

回头一看，是一个小伙子。高高大大的小伙子，身上也缠着闪耀着金茶色光芒的布，低头看着小夜，一双黑眼睛在笑。这人只有眼睛在笑。小夜战栗起来。

（太可怕了！也许还是逃掉为好。）

小夜这么一想，四下里的花的气味变得更加浓烈了，音乐更加强烈了，小夜的脚怎么也迈不动步子了。小伙子的嘴唇哆嗦着，在和小夜说着什么，可那话仍然还只是手扶拖拉机似的轰鸣声。小夜晃晃头。于是，小伙子就抓住小夜的手，拖着她，大步流星地走了起来。

被强拉硬拽着，小夜跟在小伙子的后面走去。小伙子把小夜拖到跳舞场的边上，朝那排八角形的帐篷的其中一顶一指。啊，是这么回事啊，小夜总算是明白怎么回事啦。是请在这里换衣服的意思。小夜点点头，推开帐篷的门，轻轻地进到里面。

帐篷里头，点着几盏小小的灯。站着好几个穿着碎白点和服、手臂上搭着黄色的布的女孩……小夜一瞬间呆住了。直到眼睛适应了帐篷里的微弱的光线，她才知道那里围着一圈镜子。

小夜被镜子里映出来的自己那几张脸吸引住了。

怎么会变成了这个样子呢？皮肤那么光洁，黑眼睛水汪汪的，嘴唇像玫瑰的花骨朵儿一样。小夜暗暗地想，还是头一次看到这么美丽的人哪。而且，多亏不可思议的丝瓜，手和脚也都是那么光滑。

小夜脱下脏了的和服，用黄色的布缠住了身子。然后，又用两手拢了好几次头发。

收拾停当，小夜已经是一刻也待不住了，不管是什么人，她只想让人家看到自己那美丽的容貌。

小夜迈着轻快的步子，从帐篷里跳了出来，那个小伙子还站在那里。小伙子还是用黑眼睛在笑。一双有魔力的眼睛。那是一双被它盯住就再也逃不掉了的眼睛。小夜立刻就爱上了那个小伙子。

小伙子走在前头，小夜一边提心吊胆地跟在后头，一边盯着小伙子挂在腰上的那个漂亮的东西看。那是一把短剑。短剑收在带雕刻的皮鞘里。上面雕的是花和水果。花是罂粟，水果是葡萄。小夜一边在小伙子后头走，一边想去偷偷地摸一下那雕刻。但是就在这时，小伙子回过头说了句什么。

（唉？）

小夜用眼睛问道。小伙子指了指装饰在跳舞场中央的水果。那是熟透了的葡萄、无花果和橘子。当小夜发现自己口渴得不行的时候，就好像被吸了过去似的，朝篮子的边上跑了过去。到了边上，想不到水果篮摆在了一个高高的位置上。小伙子伸出手，给小夜拿了一大串葡萄。

小夜和小伙子并排坐在了草地上，一起吃起了葡萄。那是一种让舌头麻木的味道。小伙子一边吃葡萄，一边和小夜滔滔不绝地说开了。

115

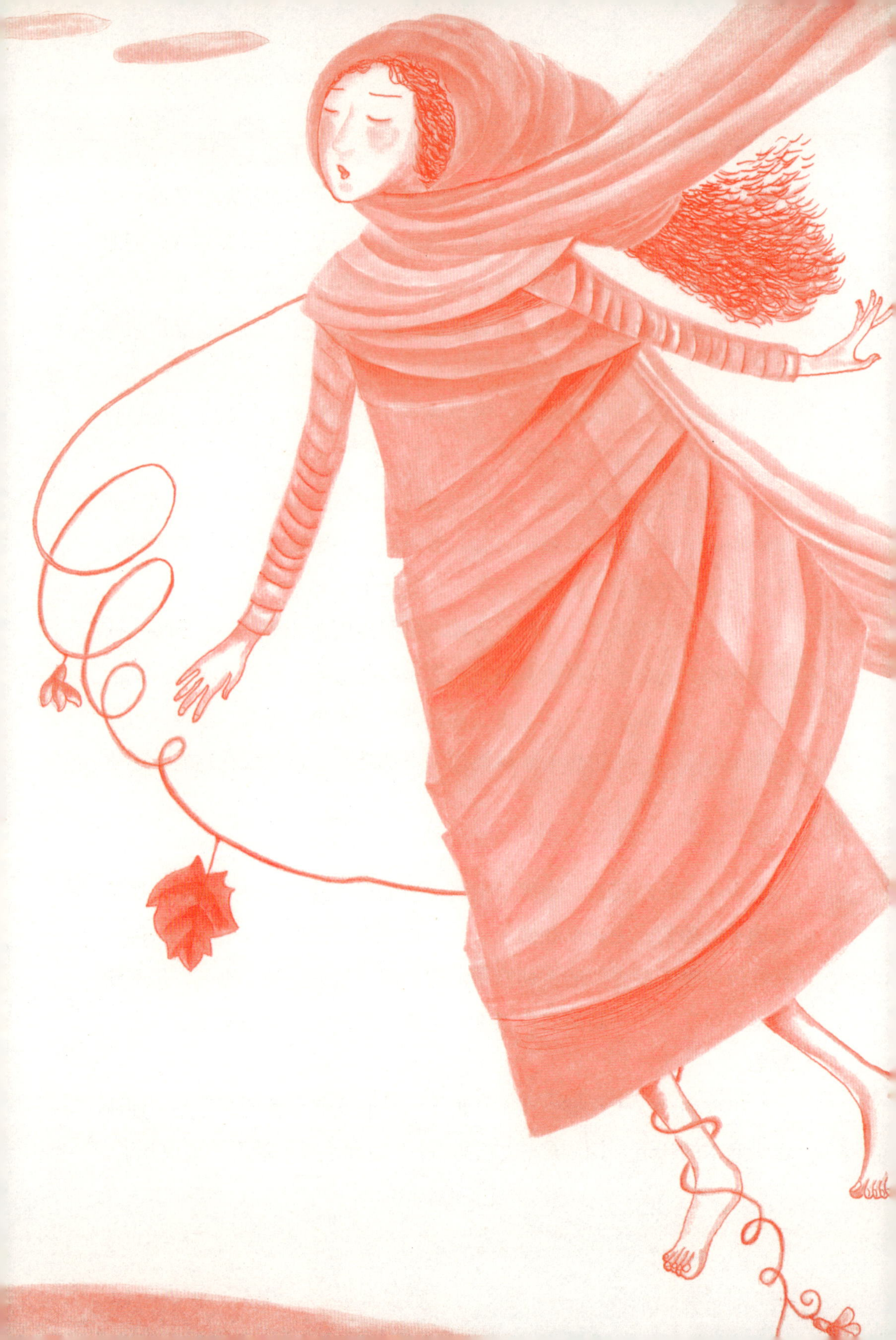

手扶拖拉机似的轰鸣声，小夜不知不觉中听懂了一点。小伙子像是在说自己的姓名、成长和生活。小夜一边嗯嗯地点头，一边狼吞虎咽地吃着葡萄。于是，她觉得自己的身体像是变得透明起来了。

小夜身边的人们还在跳舞。一边弹着小弦乐器，打着拍子，叫喊着，一边忘我地跳着，连自己的身影都看不见了。就好似一片黄色的烟。小夜这才头一次知道，人一跳疯了，身影就看不见了，就变成了所穿衣服的颜色了。小夜忍不住也想跳舞了。想冲进那片漩涡中，自己也变成黄色的烟。于是，就拉起小伙子的手，向广场中央奔去。

小夜的手和脚自动动了起来。

然后就什么都不知道了。小夜跳啊跳啊，跳疯了。

她跳舞的这段时间里，太阳升起又落下，圆月完了是新月。一些人消失在了什么地方，又从什么地方来了新的人。

然后到了一天的夜里，西方的天空突然冒出来一颗星星。

一看到那颗星星，小夜的心里涌起了一股思念。

我认得那星星……那是我们家悬铃树上第一颗露出来的星星……那是我抱着千代妹妹和明代妹妹，常常看的星星……小夜不跳了，想喊小伙子。

可是，从小夜嘴里说出来的，已经不是人话了。是"突突"的手扶拖拉机似的轰鸣声。小夜惊呆了。如同有一桶水当头浇下，害怕得不行。

（我要回家。）

小夜挣开了小伙子的手，想这样叫喊，但那只是"突突"的声音，嘴唇不过哆嗦了几下而已。

（我要回家。爸爸和妈妈还等着我，我要回家。）

117

在心里嘟哝了一句，小夜就跑了起来。她朝着那眼老井的方向，跑得飞快。

然而，小伙子从后面追了上来。

小伙子发出一阵怪叫，紧追不舍。小伙子的叫声渐渐地大了起来。"嘣、嘣"，如同拨动粗弦一般的声音。小夜一边跑，一边回过头去，她都要吓破胆了。

追过来的，不只是那个小伙子一个人。多得吓人的人，成群结队地朝小夜追了过来。就好似一股黄色的龙卷风。人人手里握着短剑。和挂在小伙子腰上一模一样的短剑，全都从鞘里抽了出来，闪闪发亮。那么漂亮的刀竟是这么可怕的东西，小夜吃了一惊。

（要被杀了，要被杀了。）

小夜的后背冒起一股寒气。

人们的一张张嘴里不知说着什么。成百上千台手扶拖拉机挥舞着银色的利器，追了过来……

（啊、啊，我就要被刺了，就要、就要……）

当小夜跑到那眼老井时，终于倒了下来。就在那一刹那，几把短剑扎了下来，一阵剧烈的疼痛，可是一滴血也没有流出，小夜昏死过去了。

辽阔的原野上，那眼早就枯了的老井边上，躺着一个少女。

正好有一辆马车从这里经过，把少女抱了上来。少女的身上缠着破破烂烂的黄布，右手上戴着一个细细的金手镯。身上被蜜蜂蜇得遍体鳞伤。少女被送到了不知有多少公里远的城里，接受了治疗。然后又被马车送回到了自己的村子里。而这期间，少女一直说着关于和服的胡话：

"和服放在帐篷里头了……忘在八角形的帐篷里头了，我要去取回来……"

就是回到了自己的家里，躺在了房子里，可小夜还是一遍又一遍地重复着这件事。于是，母亲就在枕边说：

"真不像话。再去那么远的地方可不行哟。去那样的地方捅蜜蜂窝，才吃了这么大的苦头。至于和服嘛，妈妈再给你缝一件就是了。"

边上的父亲，也一反常态地和蔼地点点头。

"下回，带你一起去城里买和服吧，顺便再买一条带子。"

当能爬起来的时候，小夜走到外边，战战兢兢地去看那根丝瓜。丝瓜早就枯透了，只剩下了一点根。

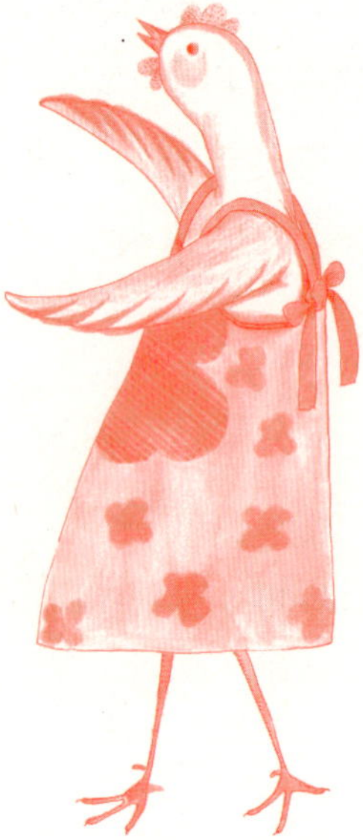

系围裙的母鸡

天哪,站在门槛上的,
竟是一只背着小小的紫颜色的小包袱、
系着雪白的围裙的母鸡。

农民三十郎，有三个孩子。

最上头的初美五岁，其次的志津三岁，最小的政吉，还是一个婴儿。可孩子们却没有了妈妈。三十郎那温柔的妻子，半年前，当院子里的梅花好不容易开了一朵的日子里，因为一点小病病死了。就像田里的雪无声无息地融化了一般，一下子就从这个家里消失了。

那之后，三十郎哭了好长时间。哭啊哭啊，哭得泪流满面，突然清醒过来的时候，家里积满了尘埃，三个孩子已经瘦成皮包骨了。

"这可怎么办？我应付不了啊！"

一边这样说，三十郎一边干起活儿来了，田里的活儿、照顾孩子、做饭、打扫和洗衣服，全部都是一个人。这样过了一个月，他也病倒了，躺倒在床上爬不起来了。这事，村里人谁也不知道。隔壁的人家，还离着相当一段距离，加上偏巧三十郎又没有什么亲近的亲戚。

"这可怎么办？我应付不了啊！"

三十郎盯着天花板，嘟哝道。三个孩子在枕头边上哭叫着：

"饿、饿。"

就在这时，这个家里来了一只系着围裙的母鸡。

"三十郎，你好！"

泥地房间那大开着的门口，突然响起了一个尖锐而又奇怪的声音。

五岁的初美出去一看，天哪，站在门槛上的，竟是一只背着小小的紫颜色的小包袱、系着雪白的围裙的母鸡。初美瞪圆了眼睛，她以

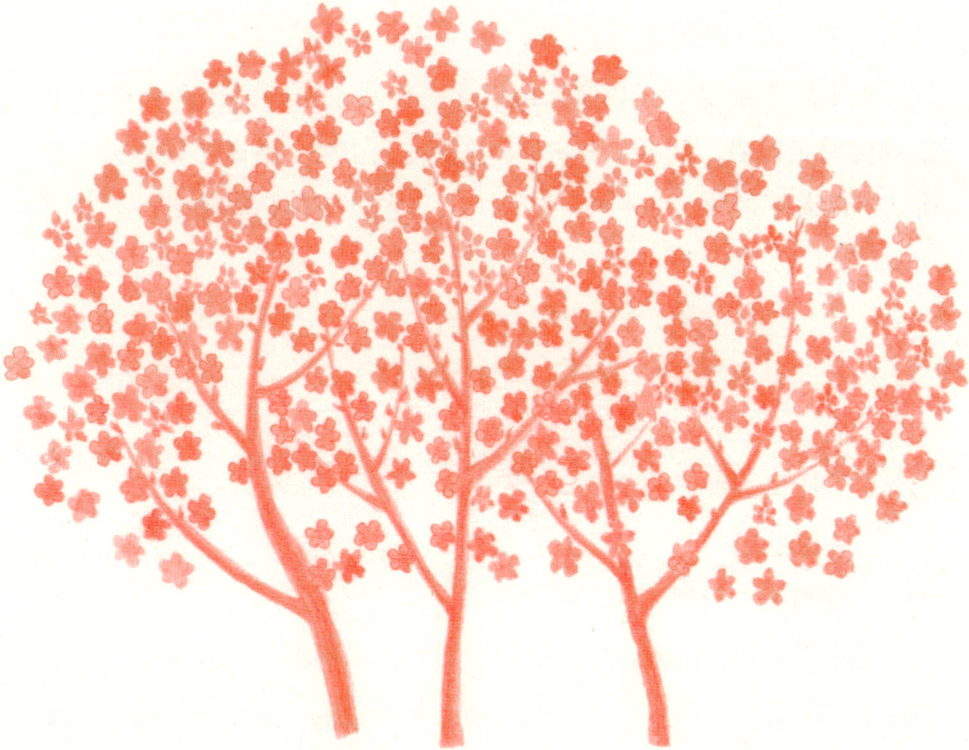

为图画书里的鸡来了。

"爸爸、爸爸！"

初美跑到三十郎躺着的地方，朝母鸡一指，呼呼地喘着气。三十郎用力抬起头，眯缝起眼睛，朝那边看去。

母鸡大摇大摆地走进家里来了，把背上的包袱往泥地房间一放，说："三十郎，好久不见了。"

三十郎不由得一怔。他太认识这只母鸡了。好些年前从院子里的鸡舍逃走以后，就不知去向了。这是一只由死了的妻子从鸡雏一手养大、盼着下蛋的白来亨鸡。右脚上的红色的脚环，的确是自己系上去的。

"喂，你这家伙，到哪里去了哟？"

三十郎急吼吼地问。母鸡一副若无其事的样子，回答道：

"去了太阳的国度。"

"太阳的国度……"

三十郎眨巴了几下眼睛：

"这国度，究竟在什么地方啊……"

他硬撑着爬了起来，定睛一看，母鸡系的可是一条好围裙。下摆镶着宽宽的花边，有一个大口袋，而且浆得笔挺。这么好的围裙，就是他的妻子也很少系过。

"又不是新年，系着这么漂亮的围裙来了……"

三十郎一边这样说，一边想，自己现在烧得可不轻啊。如果不是这样，怎么能和鸡说话呢……但是，母鸡伶俐地摇了摇头，清清楚楚地这样说道：

"哎呀哎呀，主人，安静地躺下吧。从今天开始，屋子里的活儿就全部交给我了。"

"……"

三十郎呆呆地张大了嘴巴。想说什么，却又什么也没有说出来。这么小一只鸡，究竟能干家里的什么活儿呢？

再说，不是奇怪吗？许久以前逃走的一只鸡，这种时候，怎么又突然回来了……

只见母鸡眨巴着那双似乎是懂事的眼睛：

"去世的女主人，对我十分宠爱。每天给我吃碧绿的青菜，给我喝干净的水，让我住在整洁的鸡舍里，千般呵护、千般呵护地把我养大。所以，今天我是来报恩的。好了，让我早点开始干活儿吧！"

说完，就用嘴麻利地把紫色的包袱给打开了。初美和志津情不自禁地跑了过来。三十郎也掀开被子，把身子探了出来。

母鸡的包袱里，装着一个非常小的锅。此外，还有红色的针插和三团线，白线、红线和黑线。母鸡飞快地把线团和针插收到了围裙的口袋里，又用嘴把包袱皮叠得小小的，也收到了口袋里，然后，用翅膀抱起了那个像过家家玩的道具似的锅，说：

"等一等，马上就给你们熬好吃的粥喝。"

初美和志津蹦了起来。初美下到泥地房间，生起了炉子。志津告诉了母鸡放米的地方。小小的锅里，只放了一小把米和水，母鸡开始熬起粥来了。

"小小的锅里，一把米。

小小的锅里，多多的水。

熬哟，熬哟，

香喷喷的粥,

这就是满满的四个人的份儿。"

不知不觉地,锅子开始咕嘟咕嘟地叫了起来,粥的香味在家里飘荡开了,初美和志津围着餐盘又蹦又跳,连婴儿政吉也从被子里爬了出来,发出了快活的笑声。三十郎突然觉得像是妻子起死回生了似的。

(她活着的时候,总是这个样子的啊。有好喝的粥喝,有好吃的鸡蛋吃……)

想不到这个时候母鸡说:

"我去下个蛋,瞧着点火啊!"

三十郎目瞪口呆了,母鸡走到泥地房间角落里的稻草堆上,下了一个蛋。这个蛋又大又白,是个非常好的蛋。

"来,让我用它做个煎鸡蛋吧!请把平底煎锅准备好。"

听母鸡这么一说,三十郎下到厨房。然后,从架子上把平底煎锅拿了下来。于是,母鸡用嘴把刚下出来的蛋啄开,打到锅里,又唱起歌来了。

"大大的锅里,一点油。

大大的锅里,一个蛋。

煎哟,煎哟,

煎鸡蛋,

这就是满满的四个人的份儿。"

就这样,当一个鸡蛋煎出了四个人份儿的煎鸡蛋时,三十郎真是惊呆了,他只嘟哝了一句:

"这可真是一只了不得的母鸡！"

然而，母鸡的活儿还远远没有完。这回，从后面的田里，拿回来一根大葱，做了好吃的酱汤。

"来来，来做吃饭的准备吧。把茶杯、木碗、盘子和筷子摆好吧。然后，就请吃早饭吧。趁着你们大家吃饭的空儿，我去后面洗衣服。"

这么说着，母鸡就赶快朝外面走去。

围着小小圆圆的餐盘，父子四人吃起了久违了的香喷喷的早饭。三十郎抱着政吉，一边往他嘴里喂粥，一边想，我这不是在梦里头吧？

"和妈妈熬的粥一样哩！"

初美说。

"和妈妈熬的粥一样哩！"

志津说。

三十郎嗯嗯地点着头，心想，就连煎鸡蛋的味道，也和死去的妻子做的一样。

吃完饭，三十郎到后面的田里找母鸡去了。

一看，嗬，院子里的晒台上，整整晾了五竹竿洗得白白的衣服，在风中飘荡着。母鸡在下面轻松地啄着草。

"连手也没有，怎么能干这么多活儿呢！"

三十郎嘟哝道。不料母鸡突然抬起头，说：

"不不，工作这才刚刚开始。"

随后，母鸡打扫起屋子来了。也不用扫帚和掸子，啪嗒啪嗒地扇着翅膀，就唱起了这样的歌：

"垃圾呀灰尘呀，飞走吧。

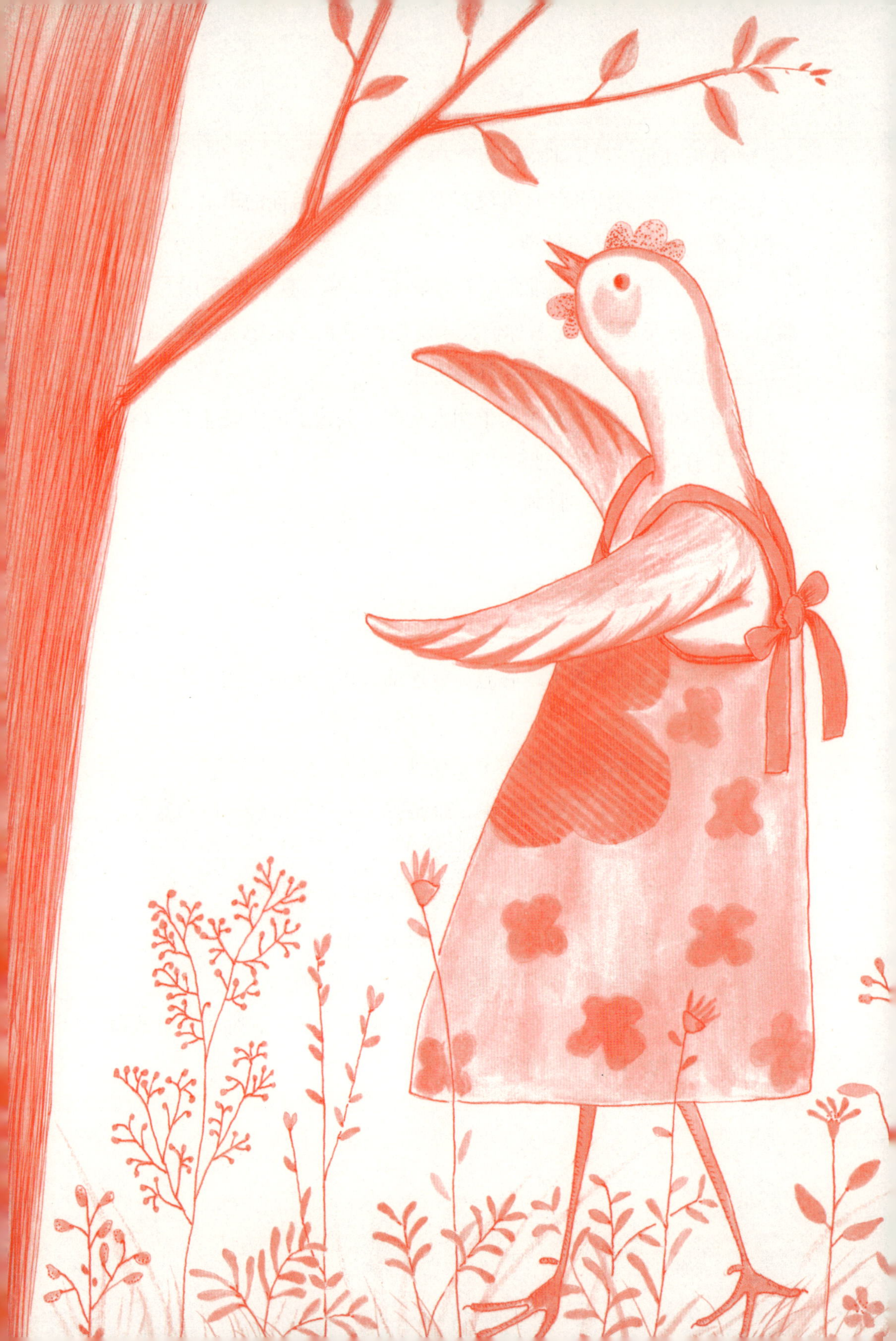

变成小虫，飞走吧。
飞到田那边去吧。"

于是，家里的灰尘就变成了长翅膀的小虫，从窗户飞了出去。然后，母鸡又给政吉喂了砂糖水，哄他睡下。等政吉一发出了轻轻的鼾睡声，这回又腌起咸菜来了。从田里摘回来好些小小的茄子，放到罐子里，用盐腌了起来。然后，就煮开了豆子，烤开了年糕片。到了中午，又做饭给大伙儿吃，晚上则是烤干鱼。

就这样，当一天的工作结束了之后，母鸡一边哄着孩子们睡下，一边干起针线活儿来了。它把一大堆挂破了的内衣、掉了纽扣的衣服搬了过来，还要在餐室那昏暗的灯光下忙上一阵子。隔壁屋子里的三十郎和婴儿，早就睡着了。志津"吱溜吱溜"地吮着大拇指，正在坠入梦乡。只有初美还没有睡，睁着眼睛。母鸡从围裙的口袋里取出针和线，用嘴巴干起针线活儿来。

"母鸡！"

初美轻轻地唤道。母鸡抖动了一下鸡冠子，向初美看去。然后，吧嗒一下，针掉到了布上，问：

"哎呀，怎么啦？睡不着吗？"

初美点点头，小声问道：

"你到底是从什么地方来的呢？"

母鸡静静地答道：

"从太阳的国度来的。"

"它在什么地方啊？天上？"

"是的。天的尽头。是一个美丽得让人睁不开眼睛的地方。我过

129

去被养在这个家里的时候,是一只普通的鸡。虽然女主人非常宠爱我,但我厌倦了那个狭窄的鸡舍。一天早上,我突然想飞上天了。鸡飞上天,奇怪吧?可是呀,我飞起来了!真的飞起来了!

"那是一个夏天的早上。冉冉升起的太阳,洒下金粉,那个晃眼哟,我受不了了,不由得闭上了眼睛。这时,嗖、嗖,我听到了笛子一样的声音。是从东边的天空传来的。我忍不住了,像公鸡那样大声地叫了起来。然后,就啪嗒啪嗒地扇动着翅膀,怎么样了呢?身子一下子变轻了,浮到了空中。然后就一直往天上升去了。愈往上升,愈是一片金色,笛声也愈大了,我睁不开眼睛了。我就那么闭着眼睛,升啊升啊,升到最后,就到了太阳的国度。"

"那是一个什么样的地方?"

"是一片一望无际的美丽原野,结着金子的水果,开着金子的花。太阳在原野当中闪耀着金色的光辉,吹着笛子。它身边,是一大堆魔法的道具。"

"那是真的魔法道具吗?"

"嗯嗯、嗯嗯,当然是了。这围裙,这针和线,对了,还有刚才熬粥的锅,全都是从太阳的国度拿来的真正的魔法道具。"

"真的?"

初美爬了起来,目不转睛地盯着母鸡的那根金针。然后,盯着补上了补丁的内衣,嘟哝道:

(哪来的魔法啊?)

那补补丁的方法,和死了的妈妈一样啊。不过是用白线一针一线漂亮地缝上了而已,连一点魔法的感觉也没有。母鸡把嘴贴到了初美的耳朵边上,说:

"真正的魔法，现在才开始。"

初美吓了一跳。母鸡一边咯咯地笑，一边说：

"让你看看吧！"

然后，把掉了的针插回到针插上，说了句"拿着这个，跟我来吧"，就走了。初美拿起针插站起来，跟在母鸡后头走去。可母鸡怎么走进了壁橱里？

"你到那里头干什么？"

初美禁不住大声喊了起来。只见母鸡露出可怕的目光，说：

"嘘——别吱声，跟着就是了。"

初美闭上嘴，进到了壁橱里头。

"把门稍稍打开一点哟！"

母鸡在里头这么说了，初美只留下一个榻榻米厚的宽度，静静地把门虚掩上了。电灯的光，像一根细细的带子似的照进了壁橱。

"好，就这样。"

母鸡一边这样说，一边从围裙的口袋里把包袱皮掏了出来，一丝不苟地铺到了壁橱的地上。初美把针插放到了上头，母鸡说：

"把白线穿到针眼里。"

初美从针插里拔出一根金针，舔了舔线头，花了好半天总算把线穿了进去。

"好吧，可要看仔细了！"

母鸡用嘴衔着针，趴在包袱皮上绣起花来了。

一颗小小的、小小的星星。

然后，母鸡就像唱歌似的嘟哝道：

"傍晚的第一颗星星。"

于是，那颗星星亮了一下。

"把门关上。"

母鸡说。初美赶忙把壁橱的拉门紧紧地关上了。一片漆黑中，包袱皮上的那颗星星，变成了银色，终于放射出了灿烂的光芒。

"太厉害了！"

初美叫道。初美忘记自己是在壁橱里头了。她感觉自己是在夜的田里，被风吹着，眺望着天空。风有点凉，有一股雨后泥土的味道。

啊，过去也曾有过这样一个夜晚。

妈妈背着她，在高粱田里，被风吹着……那天夜里，远远的杉树上方闪烁着傍晚的第一颗星星，和它一样，是一颗温柔的、亲切的、仿佛唱着什么歌的星星。

"我想要星星。"

初美说。

"它只能看。"

母鸡那嘶哑的温柔的声音，有点像妈妈的声音。

"这是只能在漆黑的壁橱里看的星星哟！谁也拿不到手里的星星哟！不过，只是看着，心里就会变得温暖起来吧，心情就会变得安详起来吧？"

"唔。"

初美点点头，唉地叹了口气，说：

"你是一个真的魔法师呢！"

"是啊，我去了太阳的国度嘛！"

母鸡得意地点点头。然后就用嘴轻轻地擦起星星来了。

于是，星星消失了。初美急忙打开了壁橱，仔仔细细地朝包袱皮上看去。可是，那里连个针眼儿都没有留下。

打那以后，这样的事情又发生了好几次。

一到夜里，初美就死乞白赖地缠着母鸡进到壁橱里。然后，看了好几次星星的魔法。不只是星星，母鸡还用白线绣了一弯新月，用红线绣了虞美人草的花。虞美人草的花，像血一样红，当看到它在风中瑟瑟发抖时，初美心头涌起了一种说不出来的悲伤，变得恐惧起来。此外，母鸡还用黑线，绣了小小的黑马。

黑暗中的黑马，鬃毛迎风招展，向着遥远的黑森林奔了过去。初美不知为什么喜欢起那马来了，觉得如果骑上那马，心中就会充满了勇气似的。

就这样，好些天过去了。

自从母鸡来了以后，三十郎的家里被整理得整整齐齐，脏东西被洗得雪白，吃饭的时候，餐盘里摆着好吃的煎鸡蛋和咸菜。三十郎恢复了健康，又能下田干活儿了。孩子们也变得像妈妈活着的时候一样地活泼了。这全亏了母鸡的精心照料。母鸡还收集万年藤的藤蔓，给婴儿编了一个摇篮，用刚下的蛋给他们烤烤饼。

三十郎下田的过午，三个孩子把母鸡烤的烤饼吃得一片也不剩。母鸡的烤饼，又热又厚，还浇着甜甜的糖汁。那味道，初美和志津不会忘记了。晚上，钻到被窝里，两个人面对面说了起来：

"今天午后茶点的烤饼可真好吃啊！"

"嗯，好吃。"

听了这话，三十郎的脸沉了下来。然后，也不知道是对着谁，这样说道：

"死了的妈妈啊，做了好吃的，一直要拿到田里来的！"

然后，他又小声说，鸡才不会那么周到呢。

从三十郎拖着三个孩子、卧床不起的那个时候算起，已经有半年过去了。三十郎有点忘记那时受过的苦了。下饭的菜总是鸡蛋和咸菜，让他渐渐地觉得厌倦了。孩子们一天到晚总是恋着母鸡，也让他觉得没意思。一到晚上，初美就和母鸡一起钻到壁橱里，发出莫名其妙的快乐的笑声。还有，初美时不时地会一个人冒出一些没头没脑的话来，像什么"黑马朝东方奔去了"，什么"傍晚的第一颗星星，是雪白的，如果关上壁橱的门，就是银色的了"，一旦陷入那样的沉思，就会一脸的寂寞，唱起这样的歌：

"月夜月夜的虞美人草田，
红色的、悲伤的虞美人草田。"

看到初美那个样子，三十郎担心了。他总觉得初美会被带到一个不知远在何方的世界去。

（它果然是一只有魔性的鸡！）

这么一想，他就更加讨厌那只母鸡了。他讨厌那黑眼睛，讨厌那雪白的翅膀，讨厌那鲜红的鸡冠子。而最不喜欢的，就是那个围裙。

"明明不过是一只鸡，却非要假装成女主人……"

这样的一天早上，村里杂货铺的大婶出人意料地来到了三十郎的

134

家里。

"三十郎,我有话对你说。"

大婶在门口的门槛上坐下了,打量了一圈家里,说:

"一个人,干得不错嘛!"

三十郎抓着脑袋,"哪里哪里"地边说边笑着。

这个时候,母鸡正在后面洗衣服。初美正在摇弟弟的摇篮。志津还在吃早饭。大婶瞅了孩子们一圈,像是要说什么秘密的好话似的,装模作样地对三十郎耳语道:

"你一个男人,要把三个孩子拉扯大,可不是那么简单的呀!"

"怎么说,孩子们也需要一个妈呀!"

……

三十郎嗯嗯地点头,大婶这回往初美的方向瞟了一眼,大声说道:

"是吧,你们想要一个新妈妈吧?"

初美和志津吃了一惊,沉默地看着大婶的脸。可是,杂货铺的大婶已经不去管孩子们了,转过脸来,对着三十郎,又这个那个地说了老半天。到最后,这样说道:

"不管怎么说,下个星期天到我家里来一趟,见个面。"

三十郎"啊啊、啊啊"地含糊地应着。

那之后没几天,三十郎的家里要来新娘子的事,就定下来了。

过了年,山上的雪化了,梅花陆陆续续地开出花来的时候,三十

135

郎家餐室的挂历上被画了一个红色的记号。

"这天，要来新妈妈哟！"

三十郎告诉孩子们。初美是一种奇怪的心情，志津则已经是喜不自禁了。

"新妈妈，穿着什么样的和服呢？"

一天，志津眼睛闪闪发光地嘟哝道。初美像是知道似的摇摇头，说：

"白色的西服呀！头发上插着好些白色的花来呀！"

"完事之后，那白色的花能分给我一些吗？"志津认真地问。小姐姐像个小大人似的，"这个，"初美歪着头说，"如果不是个乖孩子，就不知道了！"

然后，初美和志津又说了很长时间新妈妈的和服、头饰什么的。于是，初美的心情就变得亮堂起来了。

听说新妈妈来的那天，要来好些客人。还听说那天，初美、志津和政吉都要换上出门才穿的衣服，还要摆宴席大吃一顿。那个日子，渐渐地近了。日历上的红圈，在三个孩子的眼里一闪一闪的。

"新妈妈来的那天，有什么好吃的呢？"

一天，志津在泥地房间里一边拍球，一边嘟哝着。

"甜的煎蛋呀。"

初美说。母鸡在角落里重复了一遍：

"是呀，甜的煎蛋。"

"还有呢？"

被初美这么一问，母鸡想了一下，歪着头，这样回答道：

"首先是红小豆饭。

然后是鸭儿芹汤

和盐烤鲷鱼。

面拖油炸虾和豆金团。"

初美瞪圆了眼睛。

"这些全都是母鸡做吗?"

"当然是了。"

母鸡得意地挺起了胸脯:

"这样的菜,除了我,还有谁会做?"

初美长长地叹了一口气,嘀咕了一声:

"是呀。"

可是,婚礼那天的菜单,已经老早就定好了。

它们是:

红小豆饭和鸭儿芹鸡汤

鲷鱼生鱼片和鸡肉丸子

干炸鸡和炖鸡

这菜单,是上次来的那个杂货铺的大婶定的。

"婚礼的准备,就全都交给我吧,三十郎,你就安心地当你的新郎官吧!给三个孩子穿上好衣服,告诉他们一定要老实。"

热心过头的大婶,来的时候,不是打开房间里壁橱的门数数有几个座垫,就是打开碗橱,点点有几个茶杯和盘子。然后,走的时候肯定要看那母鸡一眼,嘟哝一声:

"又肥了不少！"

头一个想在婚礼那天杀这只母鸡做菜的，就是这个大婶。当她对三十郎说了之后，三十郎什么也没说，只是点了点头。虽说有点心疼，但又想，这样是再好不过了。

好了，明天就是新娘子来的日子了，这天，母鸡对孩子们说：

"明天就是大喜的日子了，从今天开始，有好多事要准备。你们来帮个忙好吗？"

初美和志津点点头。开始蹒跚学步的政吉在万年藤的摇篮里，吮着指头。母鸡对初美和志津说：

"先把糯米和小豆泡到水里。志津，你到田里你爸爸那里去一趟，青菜和芜菁各要一篮子。初美，你去鱼店，把鲷鱼和虾定下来。我哪，这就去下蛋。这下可要忙起来啦！不是说明天有二十几位客人吗？这可是一项大工作。"

母鸡急匆匆地向泥地房间角落里的稻草堆跳了过去，花了比平时要长许多的时间，产下一个白白的大蛋。

然后又接着不停地忙了一天。在两个小女孩的帮助下，做出了迄今为止谁也没有看见过的漂亮的菜。

傍晚，从田里回来的三十郎瞪圆了眼睛。

"这是怎么回事呢？婚礼不是明天吗……而且，婚礼的菜，我全都委托给岛屋家的大婶了呀！"

三十郎不高兴了。

"再说了，明天中午吃的东西，为什么这么早就做出来啊？会走味的哟！"

这时，母鸡毫无顾忌地走到三十郎的面前，说：

"主人，你不用担心。我的菜，是魔法的菜啊。到明天中午为止都是热乎乎的。"

"你的魔法已经够多了！"

三十郎一脸的不快，把目光岔开了。这一个星期以来，三十郎尽可能不去看母鸡的脸。因为一看到那亮闪闪的黑眼睛，那雪白的围裙，心里就会一阵疼痛。三十郎每一天每一天都会对自己说：

（它是一只普通的母鸡。它是一只普通的母鸡。）

然后，又会这样说：

（哪一家不宰鸡做菜呢？）

这天夜里，等大家都睡下了，母鸡和初美又钻到了壁橱里。

壁橱里，是一块打开的包袱皮，放着红色的针插。从房间里透进来的、像细细的发带一样的电灯的灯光中，母鸡在包袱皮上绣了白色的星星、红色的虞美人草和黑色的马。一次绣了三个东西，这还是头一次，初美开心得不得了。当把壁橱紧紧地关上，星星闪耀出银色的光辉、虞美人草的花火一般地燃烧起来、黑马眼看着就要跳起来的时候，初美说：

"我要！我要！"

于是，母鸡点点头，耳语道：

"要骑一下马吗？"

然后，小声地说：

"咚、咚、咚，黑马，飞起来吧！"

于是，马就嘶叫起来了，马鬃飘扬起来了。初美突然想，骑着这匹马，能不能见到死去的妈妈呢……就在这时，初美一阵头晕目眩，不由得闭上了眼睛。等她醒了过来，初美已经骑在马背上了！母鸡坐在初美的膝上。

马在漆黑的天上嗖嗖地跑着。远远的下方，虞美人草的花一闪一闪地放光，天上的星星，用铃铛一样的声音笑了起来。马一个劲儿地往高升。星星的光，愈来愈亮，亮得让人睁不开眼睛了。

"抓牢了！"

母鸡说。

"看啊，初美。虞美人草变得那么小了呀。红色的虞美人草，再见！悲伤的虞美人草，再见！"

和母鸡一起向着星星升去，初美固然开心，可是红虞美人草一点一点地变小了，却让她觉得悲伤。她想，那片长着红虞美人草的地方，就是她亲切的家，爸爸和志津、政吉就睡在那里。

"要是带他们一起来就好啦！"

听初美这样说，母鸡说：

"那可不行。明天是婚礼啊，大喜的婚礼，没了爸爸可就乱套了！"

马愈升愈高。当淡紫色的云彩变成了一片一片的时候，星星像是纷纷扬扬地撒开了散发着一股香味的催眠的粉。因为这个原因，初美困得受不了了。催眠的粉，是一种香粉的味道。初美想把那粉掸开，可是愈掸，愈是飘落下来，不知不觉地，初美的身上和马都变成雪白雪白的了。于是，马像摇篮一样摇晃起来，初美的眼皮发沉了。

不知不觉地，初美迷迷糊糊地睡着了。"初美、初美"，母鸡在梦里面叫着。那声音，渐渐地大了，尖锐了，接着就变得痛苦起来。

"初美、初美、初美！"

初美想回答，可是她怎么也发不出声音来。白色的粉，像雪似的，飘飘洒洒地飘落下来。啊，膝上的母鸡怎么样了呢？什么也不说了，一动也不动了。初美的膝上，不再重了，不再温暖了。初美就那么闭着眼睛，一直在膝上摸索着。

"初美、初美。"

在三十郎的叫声中，初美醒了过来。初美蹲在昏暗的壁橱里睡着了。

母鸡不见了。紫色的包袱皮，还有红色的针插和线团，都不见了。

"初美，快起来！"

被三十郎这么一叫，初美从壁橱里跳了出来。房间里，洒满了早上那晃眼的光。被褥已经被收拾好了，穿着出门穿的衣服的志津，在打扫干净了的房间中央又蹦又跳。隔壁铺着席子的房间，杂货铺的大婶把梅花枝插到了罐子里。啊，初美记起来了，今天是新妈妈来的日子。

"初美，去厨房看看吧，做了那么多好吃的哟。"

岛屋家的大婶兴高采烈地说。初美从衣柜里取出新衣服，自己穿上了。一穿上那和妹妹一样的、黑天鹅绒白领子的衣服，初美就喜不自禁了，自己看上去是那么的伶俐。一边扣纽扣，初美一边下到了泥地房间。

厨房里飘着热气腾腾的诱人的香味，可是，案板上摆着的，却是鸡肉丸子、干炸鸡和炖鸡。突然，初美觉得有点不对头。连忙打开碗橱，找起昨天母鸡做好的菜来了。可是，明明收好了的红小豆饭也好，金团也好，热腾腾的黄色的煎鸡蛋也好，连个影子都没有了。初美一下子悲伤起来，叫道：

"母鸡！"

接着就奔到了外边。

初美在院子里找了一个遍。但是，她没有听到往常那个亲切的回答声。相反，梅花树的树根下，撒了一地的白色鸡毛。

这下，初美就什么都明白了。

跑回家里，初美也不知是冲着谁叫了起来：

"把母鸡给杀了啊！把母鸡给杀了啊！"

然后，她就哇哇地哭了起来。于是，岛屋家的大婶跑了过来，摸着初美的头说：

"初美啊，这是常有的事呀，喜庆的时候，大家都是吃自己家的鸡呀！"

初美拼命地摇着头。可那鸡不一样啊，那是一只特别的母鸡啊……初美瞪着大婶的眼睛，一边号啕大哭，一边用手噼啪噼啪地打了起来。然后就跑到梅花树那里，蹲下不起来了。

几乎一整天，初美就那么蹲在那里。

一屁股坐到了梅花树下面，不管是谁来叫她也不动。

"初美啊，新妈妈到了呀，想见你呀！"

"快过来呀，一起吃好吃的东西呀！"

岛屋家的大婶用温柔的声音，来招呼三四遍了。她之后，穿着黑和服外褂的三十郎板着面孔过来了，他扯初美的手，可初美还是不动。天鹅绒的衣服上全是泥，一脸的泪水。初美想，我就是死了，也不离开这里了。

　　就这样，过去了多长时间呢？当太阳被遮住了、风变得冷飕飕的时候，有谁呼唤道：

　　"初美！"

　　是一个听上去不那么熟悉的声音。她看到了穿着白白的短布袜、有着蓝色草履带的草履的一双脚。一股香粉的味道扑面而来，初美猛地仰起脸来，一个从没见到过的阿姨，正笑盈盈地盯着初美。她拼命在笑。

　　"初美，你怎么啦？"

　　她用手摸了一下插在头发上的蓝花。啊，新妈妈果然头发上插着花来了，初美想。不过，那花只有一朵。穿的也不是白色的礼服，而是紫色的和服。初美就那么低着头，说：

　　"我最宝贵的母鸡被杀了……被做成了菜，被吃掉了……"

　　阿姨静静地听完了初美的话，用嘶哑的声音说：

　　"真可怜啊。"

　　初美从下面瞪着眼睛似的看着阿姨的脸。可阿姨难过似的，把目光避开了。然后，拿来了一把小铲子，在梅花树下挖起坑来了。初美不吱声地看着新妈妈的手。细细的白手腕，却挺有劲，一眨眼的工夫就挖好了一个坑。新妈妈把母鸡的鸡毛轻轻地放到了坑里，填上了土。

　　"给它做个墓吧！"

　　在坑上堆了一个土堆，又插上了一根梅花树枝，新妈妈静静地长时间合掌礼拜。

打那之后，又过去了好些天。

院子里的梅花盛开了，又谢光了，当村子里被柔嫩清新的绿色包围的时候，母鸡墓上长出了小草。

"哎哟，是繁缕呀！"

新妈妈说。繁缕愈长愈多，冒出了小小的白花，那青青的草，眼看着就在梅花树下铺开了，向着田的方向蔓延过去。

"可真是奇怪啊！"

一天早上，三十郎歪着脑袋说。

"草一下就长成这么一大片，可从来没有听说过。"

那繁缕不管你怎么拔，又会多出来，没多久，三十郎家的院子就好像铺上了一层绿色的地毯似的了。

这时，这个家里的新的女主人，买了三只雏鸡。

在井边搭了一个新的小鸡舍，女主人精心地照料着雏鸡。

"用不了多久，就能每天吃上刚下的鸡蛋了。要是三只母鸡每天各下一个蛋，我就给你们做好吃的菜肉蛋卷。"

女主人整天都把雏鸡放在院子里。鸡雏们活泼地转着圈子玩，大口大口地吃着院子里的繁缕。那繁缕，又嫩又新鲜，比其他什么地方长的草都要好吃。三十郎家的雏鸡一点点地大了起来，一点点地胖了起来。

初美、志津和政吉，分别给鸡系上了自己喜欢的颜色的脚环。初美是红色的脚环，志津是黄色的脚环，政吉是蓝色的脚环。然后，又把它们分别当成是自己的鸡，宠爱起来。鸡们长出了漂亮的红鸡冠，到了秋天，就会下蛋了吧？

然而，这一年的秋天，发生了一件怪事。

那是十一月初的一天早上。

四周的草和树开始枯萎了，三十郎想，必须抓紧时间做过冬的准备了！突然，从屋子外头传来了尖厉的鸡叫声。

一瞬间，三十郎以为是偷鸡贼来了。

"不好！"

三十郎冲到外头一看，怎么样？三只母鸡在梅花树下排成了一列，对着天空，张开了翅膀。母鸡们不停地拍打着翅膀。三只鸡那亮闪闪的黑眼睛，目不转睛地盯着东方天空中的太阳。

"哎，这是要干什么哪？"

三十郎这么一嘀咕，三只鸡轻轻地飞上了天空。怎么会呢？三十郎一边想，一边不停地眨巴着眼睛。

"鸡朝太阳飞去了。"

他在嗓子眼儿里嘀咕了一声。

然后，就伸开双手，想去抓那几只鸡，可是怎么也来不及了。三只鸡一下子就飞到了天上。

"不得了啦！不得了啦！"

听到三十郎的声音，女主人和孩子们都冲到了院子里，这时，三只鸡几乎变成云彩了。女主人急得在那里团团转。三十郎表情复杂地把手交叉在胸前，望着天空。

高兴的，只有初美一个人。初美一边蹦蹦跳跳，一边指着天空说：

"鸡全都去太阳的国度了呀。和以前被杀了的那只母鸡一样呀。

去了太阳的国度,在金子的草原上吃金子的水果了呀。"

初美对着天空,大声地喊了起来:

"再来呀!总有一天要系着围裙、带着魔法的道具再来呀!"

初美这时就清楚地知道,总有一天,总有一天,那些鸡会回来的。当自己为难的时候,当志津为难的时候,当政吉为难的时候,那只红脚环的母鸡,那只黄脚环的母鸡,那只蓝脚环的母鸡,就一定一定会系着新的白围裙,来帮助我们。

初美一屁股坐到了地上,看着天空,一遍又一遍地说着:

"再见!"

初美确实听到了母鸡们的翅膀搏击风的声音。还确实听到了它们对着太阳,发出"咯——"的尖厉的叫声。

遥远的野玫瑰村

作者 _ [日] 安房直子   译者 _ 彭懿

产品经理 _ 吴亚雯   装帧设计 _ 廖淑芳   产品总监 _ 周颖琪
技术编辑 _ 顾逸飞   责任印制 _ 刘世乐   出品人 _ 王誉

营销团队 _ 张超、宋嘉文

鸣谢

王国荣   王雪

果麦
www.guomai.cn

以 微 小 的 力 量 推 动 文 明

图书在版编目（CIP）数据

遥远的野玫瑰村 /（日）安房直子著；彭懿译.
上海：少年儿童出版社，2024.9.——（安房直子经典
童话）.—— ISBN 978-7-5589-2025-7

Ⅰ.I313.88

中国国家版本馆 CIP 数据核字第 2024UM4356 号

著作权合同登记号　图字：09-2024-0370
TÔI NOBARA NO MURA
By Naoko AWA
Copyright © 1981 by Naoko AWA
First published in 1981 in Japan by CHIKUMASHOBO LTD.
Simplified Chinese translation rights arranged with CHIKUMASHOBO LTD.
through Japan Foreign-Rights Centre / Bardon-Chinese Media Agency

安房直子经典童话
遥远的野玫瑰村
［日］安房直子 著
彭　懿 译

俞　理 封面图
孔红梅 插　图

责任编辑 叶　蔚　　美术编辑 施喆菁
责任校对 黄　岚　　技术编辑 许　辉

出版发行　上海少年儿童出版社有限公司
地址　上海市闵行区号景路 159 弄 B 座 5—6 层　邮编 201101
印刷　天津市豪迈印务有限公司
开本 710×960　1/16　印张 9.5　字数 93 千字
2024 年 9 月第 1 版　2024 年 9 月第 1 次印刷
ISBN 978-7-5589-2025-7 / I.5267
定价 35.00 元

版权所有　侵权必究